KB050152

서사시 금강산

시작시인선 0316 서사시 **금강산**

1판 1쇄 펴낸날 2019년 12월 30일
1판 3쇄 펴낸날 2020년 11월 23일
지은이 공광규
펴낸이 이재무
책임편집 박은정
편집디자인 민성돈, 장덕진
펴낸곳 (주)천년의시작
등록번호 제301-2012-033호
등록일자 2006년 1월 10일
주소 (03132) 서울시 종로구 삼일대로32길 36 운현신화타워 502호
전화 02-723-8668
팩스 02-723-8630
홈페이지 www.poempoem.com
이메일 poemsijak@hanmail.net

ISBN 978-89-6021-469-9 04810
978-89-6021-069-1 04810(세트)

값 13,000원

*이 책의 국립중앙도서관 출판시도서목록(CIP)은 서지정보유통지원시스템 홈페이지(http://seoji.nl.go.kr)와 국가자료공동목록시스템(http://www.nl.go.kr/kolisnet)에서 이용하실 수 있습니다. (CIP 제어번호: CIP2019053076)

*본 도서는 Global Inspiration 세계 속의 경기도, 

의 후원으로 발간되었습니다.

서사시 금강산

공광규

천년의 시작

〈헌 정〉

이 시집을
분단의 희생자들과 그 유족들

민족 화해와 평화 통일을 염원하는
남북 북남 대중들

그리고
민족 식물생태학자 차종환 박사님과

「I'm gonna pray for Korea」를 부른
생면부지의 스웨덴 아티스트 Adahl에게

시인의 말

2004년 4월에 금강산 외금강과 해금강을 다녀왔다. 일부러 맨발로 걸었다. 그러나 세월이 흘러 여행 기억이 많이 감퇴하였다. 그간 비무장지대 평화 손잡기 행사와 철책을 따라서 걷는 통일 걷기에 참가해 보고, 파주는 물론 금강산과 가까운 고성 일대를 둘러보았다.

금강산과 지척인 건봉사와 철원에 가보고, 남북 노동자 축구 대회 응원을 가보고, 서울 평양 마라톤 대회에 참가해서 뛰어보았다. 금강산 관광 재개를 촉구하는 토론회에 참석하고, 남북한 시에서 어휘가 얼마나 달라졌는지 토론회 발제를 하였다. 나름 통일에 대한 관심과 실천 행위였다.

이 시집의 집필과 출판 의도는 남북, 북남 대중들의 정서와 정신의 근원이 같음을 금강산을 통해 확인하려는 것이다. 민족 화해와 평화 통일을 기원하며 정서 통일을 시작으로 정치 경제의 통일 시기를 조금이라도 앞당기는 데 도움이 되었으면 하는 바람으로 이루어졌다.

시집 구성은 1부 금강산에 가며, 2부 내금강, 3부 외금강, 4부 해금강, 5부 금강산을 나오며로 구성하였다. 남북, 북남 간에 아무런 제약 없이 금강산 여행을 자유롭게 할 수 있는 날이 하루빨리 오기를 기다린다.

시집을 내면서 홍용희, 권성훈 평론가, 정원도, 김경식, 김윤환, 채상근, 서미숙 시인의 크고 작은 훈수가 있었다.

2019년 12월

강원도 고성에서

차 례

제4부 해금강

제5부 금강산을 나오며

발 문

제1부 금강산에 가며

주인공의 말

"이름만 들어도 가슴을 울렁이게 하는 천하의 명승 금강산. 수많은 이야기가 봉우리마다 계곡마다 깃들어 있고, 옛사람들이 절경에 매혹되어 붓을 들었다가 표현을 잘못할까봐 붓을 놓았다는 곳. 금강산을 과연 나는 시로 써낼 수 있을까? 나는 먼저 나온 금강산 관련 책들*과 공책을 여행용 트렁크에 가득 넣고 금강산 탐승길에 올랐다."

* 여행 가방 속에 넣은 책들은 다음과 같다. 절의 역사를 참고하기 위해 운허 용하, 『불교사전』(법보원, 1961), 금강산 주변 민속과 역사를 참고하기 위해 고성군, 『고성군지』(보정판, 1998), 전설을 참고하기 위해 권정생 이현주, 『금강산 이야기』(사계절, 1991), 김용택 글 김명호 그림, 『애들아, 금강산 가자』(스콜라, 2006), 이호일, 『김삿갓 금강산 방랑기』(글사랑, 2004), 탐승 경로를 구성하기 위해 조주연 옮김, 『금강산가』(다운샘, 2013), 유홍준, 『금강산』(학고재, 1998), 조선일보 월간조선부 단행본팀, 『금강산은 부른다』(조선일보사, 1998), 한시를 참고하기 위해 전규호, 『금강산 가는 길』(명문당, 2019), 그림을 참고하기 위해 박은순, 『금강산 일만 이천봉』(보림, 2005), 생태를 참고하기 위해 차종환, 『금강산 식물생태』(예문당, 2000)이다. 그리고 네이버지식백과에서 『금강산 한자시선』(상, 하), 『조선향토대백과』(2008), 국가지식포럼 북한지역정보넷 http://www.cybernk.net/home/Default.aspx를 활용했다. 본문에 인용한 곳은 책 제목만, 필요한 경우 페이지를 적었다.

금강산

전해 오는 이야기에
어떤 산 하나가 동해 가까이에 있는데
전체가 금으로 된 것은 아니나

산의 동서남북과 위와 아래
흘러내려 오는 물속의 모래까지도
금을 함유하고 있다고 한다

천하에 둘도 없는 이 돌산에서는
이따금
성현이 출현한다고 하는데

옛 인도의 성인 석씨가 이르기를
동쪽 바다 가운데
금강산이라 불리는 곳이 있어

예부터 여러 보살이 살고 있었는데
현재는 법기보살이
일만 이천 보살들과 불법을 편다고 한다*

봄에는 아침 이슬이
햇살에 영롱하게 빛나는 것과 같은
금강석을 닮아 금강산

여름에는 계곡과 산봉우리에
짙은 녹음이 깔리는 것이
신선이 사는 곳을 닮아 봉래산

가을에는 산이 불타듯
잎에 단풍 들어
흰 바위와 소나무와 잘 어울려 풍악산

겨울에는 잎이 져서
바위 구석구석이 뼈처럼 보인다고 해서 불렀던
가장 오래된 이름이었다는 개골산

더 오래전에는
바위가 서릿발같이 희다고 해서
상악이라고 불렀다는데

눈 내린 겨울에는 설봉산
언젠가는 열반산
그리고 기달산이라고도 불렀다는데

여러 가지 이름을 가졌던
산 너머 산 그 너머도 산인**
천하의 절승 민족의 영산

소나무와 잣나무와 전나무
이런 상록수가 계절을 모른 채
정신처럼 푸르고

단풍나무와 신갈나무와 떡갈나무가
계절마다 산자락에
색깔을 바꾸고

금강초롱과 금강봄맞이꽃과 금강국수나무
이런 연약하고 작은 초목들은
바위틈에서 솟아올라 산기슭마다 어울리고

기암괴석 봉우리와
셀 수 없는 계곡의 폭포와 연못이
물을 흘려보내고

일출봉과
월출봉이 있어
해와 달이 뜨는 것을 볼 수 있다

우리나라 신령스런
세 개의 영산
지리산 한라산 금강산 가운데 하나

백두산 묘향산 북한산 지리산과 함께
우리나라를 수호하는
민족의 성산 금강산

어느 날은
신선이 내려와
바둑을 두고 가고

어느 날은
선녀가 내려와 목욕하고 가거나
나무꾼 사내와 살고

어느 날은
하얀 수염을 한 산신령이 나타나
병들고 가난한 사람을 도와주고

어느 날은
하늘에서 날아온 선학이
창공을 맑고 길고 높게 울고 가는 산

신라 시대에는
화랑과 승려가 와서 심신을 닦고
불국정토를 이루어보려 하였고

고려 시대에는
승려와 관리가 와서
국토의 아름다움에서 자아를 고양시키고

조선 시대에는
승려가 호국을 실천하고
선비들이 민족의 자부심을 기록했던 곳

구한말에서 동족상잔과 분단 이전
기울어가는 나라에 새로운 기운을 찾으려
몰려갔던 지식인과 학생들

이 모든 세월을 거쳐
민초들의 신심으로
일만 이천 봉 아래 팔만 구천 개 절을 세운 곳

사람이 죽어 지옥에 가지 않으려면
죽기 전에 한 번은
금강산에 올라야 한다는 부채 그림

분단 이후
늙어버린 얼굴로 이산가족 상봉하러 가서
울음바다를 만들고

잠시 금강산 관광 기회가 오자
그리웠던 금강산을 보려고
줄을 이었던 남녀의 관광 행렬

그리고 다시 길이 닫힌 지 오래
다시 우리 힘으로 열어야 하는
민족의 영지

* 이유원 저, 성균관대동아시아학술원 역, 「봉래비서편」, 『임하일기』, 대동문화연구원, 2009 참조.

** 『금강산』, 45쪽 참조.

금강산을 향하여

1.

파주에서

민간인 통제선 통일 걷기 행사*를 마치고 돌아온

다음 날

통일 및 대북 관련 부처에

금강산 여행 허가를 요청했지만

방문 불가라는 대답이 돌아왔다

유엔 안보리 결의로 하는 국제 제재와

세계의 패권자

미국이 정한 독자 제재 때문이라고 한다

민족의 땅 민족의 소유인 금강산 여행을

남북 간에 북남 간에

자주적 결정을 할 수 없다니

민족 분단의 철조망을

맨발로 밟으며

금강산을 향하여 가는 데까지 가보기로 하였다

2.

한 달 후
임진각에서 등산화를 벗어 던졌다
맨발이 되었다

금강산을 향해
이 땅의 숨결을 맨발바닥으로
온몸으로 호흡하며 걷기로 했다

첫날은 임진각
평화누리공원에서
통일대교를 향하여

돌멩이가 자리를 옮기지 않도록
풀들이 꺾이거나
벌레와 곤충들이 밟히지 않도록

조심조심 발밑을 살피며
사십여 분을 걸어
통일대교에 도착했다

임진강 북쪽 강안 철책에서
병역 의무를 마쳤던
아들 생각이 났다

면회를 다녀오다
철책을 자유롭게 넘나드는 철새들을 바라보다
쓴 시 「파주에게」

자주성 없는
남북이나 북남 민중과 지도자들
한반도에 사는 모든 사람들이

자신의 운명을 남에게 맡기는
세계적인 바보들이라고
풍자한 시

통일대교 검문소
임진강을 따라가는 철책
무장한 어린 군인들이 장애물 앞에서

차량 검색과
운전자와 탑승자의 신분증을 검사한 뒤
하나하나 통과시키고 있다

검문소 너머
민간인 통제선 안에
평양과 개성 방향을 가리키는 표지판

이토록 가까운 북한인데
민간인 출입 통제 지역 출입 허가증을 내밀고
검문소를 통과했다

강안 철책 길을 한참 걸어
임진강을 건너며
양팔을 벌려

강물을 거슬러 오르는 푸른 바람
바람에 이는 반짝이는 물결을
가득 안아본다

역사의 강 앞에
팔을 벌리고 눈을 감고
평화의 바람 통일의 물결이 밀려오길 기원했다

3.
첫째 날은
경순왕릉이 있는 고랑포 지나
작은 마을 삼립슈퍼가 있는 동네서 하루 묵고

둘째 날은
삼립슈퍼 앞에서 백학면사무소 앞을 지나
석장리와 강서리를 지났다

선곡리 마을 회관에서 한참 쉬고
필리핀 참전비 앞을 거쳐
합수리 고개 정상 방호벽까지 와서 하루를 또 묵고

셋째 날은
합수리고개 정상에서 합수교와 마거천교를 지나

열쇠 전망대와

철원 비무장지대 평화의 길
백마고지 전적지 아래 마을에서
하루를 묵고

넷째 날은
백마고지 전적지에서
대마사거리와 통일쌀 경작지를 지나

월정리역에서 포격에 맞아 멈춘
녹슨 기차를 한참 어루만지다가
평화전망대를 거쳐 양지리 마을에서 묵었다

민간인 통제선 안쪽 마을을 지날 때
그곳 농부의 마음을 닮은 단정한 밭가에
도라지꽃과 참깨꽃과 여물어가던 옥수수

환한 해바라기꽃과 언덕의 호박꽃
붉게 익어가는 고추밭

잘 자라는 들깨와 콩밭 사이를 걸었다

인적이 드문 작은 숲길을 지날 때
억새와 붉나무와 쑥과 돼지감자
한삼덩굴과 애기똥풀꽃

이런 우리나라 꽃이 반기는 길을
민족의 산하를
맨발로 가며 느끼며 걷고 또 걸었다

4.
다섯째 날 아침
통증이 오는 발바닥과 발등
통증 완화제를 치익치익 뿌리고

금강산 가던
붉게 녹슨 철교 위에
우두커니 서서 눈을 감아보았다

우리 할아버지가 금강산 가던 길
금강산을 오고 가던
기차 소리를 들었다

철길이 건너가던 철교
뜯어진 궤도
남아있는 노반석과 무너진 철길

철도가 없던
충청도 궁벽진 시골 청양에서
벼슬 없이 문자나 좀 읽으며 살았던 할아버지는

쌀 사십 말을 팔아
서울로 올라와
용산역에서 기차에 올랐다고 했다

서빙고역 왕십리역 청량리역 연촌역 창동역을 거쳐
의정부역 덕정역 동두천역 전곡역 연천역을 거쳐
대광리역 신탄리역 거쳐 철원역에서 멈췄다고 한다

먼지를 뒤집어쓴 시커먼 쇳덩이가
칙칙 폭폭 칙칙 폭폭
거침없이 수증기를 뿜으며 철원역에 도착하면

전기로 움직이는
금강산 전기철도가
순하고 잘생긴 짐승처럼 조용히 기다렸다는

금강산 전기철도를 타고
양지역 정연역 김화역 광삼역 금성역 창도역 지나
단발령을 넘어가서 내금강역에서 멈췄다는

할아버지는 성씨를 바꾸어야 하는
치욕의 식민지 백성으로 사느라
다친 자존심을 다스리기 위해

민족의 자랑거리
금강산에 간다는 감흥에 겨워
용산역에서 기차에 올랐다고 한다

5.

금강산 철길마을 체험관을 둘러보는데
이곳 문화해설사가
오래전에 알았던 시인이다

태평양전쟁 말기인
1944년 10월
일제가 금강산 가던 철도 궤도를 뜯어 갔는데

궤도를 뜯기 직전 금강산 전기철도 여객이
한 해 90만 명이나 되었다는
문화해설사의 말

금강산 전기철도 노선 대다수는
민간인 통제선과 비무장지대 속으로 나있고
일부 구간은 금강산댐 건설로 수몰되었다는데

해설사는 나를 자동차에 태워
경원선 중심 역이었다는 옛 철원역
잡초가 무성한 곳에 내려놓았다

용산역에서 출발하여
이곳에서 금강산 전기철도를 갈아탔던
할아버지의 금강산 여정

철길이 끊긴다는 소식을 듣고
생애 마지막 금강산 여행 기회를 잡기 위해
몰려들었다는 사람들

객실에는 빈자리가 없어
기차 지붕에 올라앉아 금강산으로 향했다며
오래된 흑백사진을 보여 준다

국토의 아름다움을
민족의 자존심과 자부심을
금강산에서 찾고 싶었던 선조들

민족 미학의 정수를 봐야겠다며
열차에 올랐던
이미 고인이 된 할아버지들

빨간 벽돌로 지은 웅장한 철원 역사와
두 그루 수양버드나무가
긴 가지를 휘날리며 역 광장에 서있었다는

지금은 잡초 속에 묻힌
녹슨 옛 철로만 뻗어있는 폐허 위에
분단국의 부끄러운 시인으로 한참 서있었다

6.
철원역에서 하루 여덟 번 운행했다는 전기철도
종착지 내금강까지 삼백 리
네 시간 반이 걸렸다는 해설사의 말을 들으며

삼합교를 지나 도창리 마을 회관
거기서 김화교를 지나
생태평화공원 가까운 여관에 짐을 풀었다

오래된 민가 술집에서
해설사와 소주잔을 기울이다 취하여 어깨 걸고

「우리의 소원」과 「그리운 금강산」을 합창했다

철원에서 옛 철로를 따라
걸어서 금강산 가는 방법을
문화해설사에게 물었고

문화해설사는
군부의 출입 승인과 인솔자 동행 없이는
어떤 행위도 할 수 없다고 잘라 말했다

그날 밤 나는 울분에 차서
못난 민족을 자책하며
여관 침대 위에 몸을 던졌다

그리고 꿈을 꾸었다
끊긴 철로 무너진 노반을 맨발로 걸어
DMZ를 넘어 내금강역에 도착하는 꿈을

* 주인공은 2019년 8월 8일 더불어민주당 이인영 의원실이 주최하는 '2019 통일걷기-정전협정을 평화협정으로' 행사에 참여, 민간인 통제선을 걸었다.

제2부 내금강

해설원의 말

“아랫동네에서 오신 시인 선생님 금강산 방문을 환영합니다. 많은 아랫동네 동포들과 같이 오실 줄 알았는데 혼자 오셔서 아쉽습니다. 민족의 영산을 찾아보고 싶어 하는 선생님과 아랫동네 동포들의 소망을 헤아려 금강산 여행을 잘 안내하라시며 저를 특별히 해설원으로 보내셨습니다. 여기 내금강은 비로봉을 중심으로 서부 지역입니다. 백두대간 북남으로 이어지는 오봉산, 상등봉, 옥녀봉, 비로봉, 월출봉, 차일봉 줄기 서쪽입니다. 만폭동을 비롯한 수많은 골짜기와 바위벼랑과 봉우리들이 있지요.”

내금강, 봉우리와 계곡이 부드럽게 어우러진

내금강휴양소에 들어서자
반갑게 악수를 청하는 북녘 여성 해설원
손이 누이처럼 따뜻하고 말씨는 다정하다

"여기까지 오는 데 쉽지 않았습니다.
우리 땅을 자유롭게 방문하지 못한다는 거
해설원 동무도 잘 알지 않습니까?"

"알지요.
민족끼리 오고 가는 것이라도 자유로워야 되는데
그렇지 못해 아쉽습니다."

해설원은 내금강유원지관리소 앞에서 지도를 펼쳐
내금강 외금강 해금강을 나누어
이곳저곳 짚어가며 설명한다

"내금강은 외금강에 비해
봉우리와 계곡이 부드럽게 어우러지고
다정다감합니다."

남북으로 뻗은 금강산 서남쪽인 내금강
금강산 전기철도 종점이 있었고
내금강 관광이 시작된다는 장안사

아름다운 봉우리들과
만폭동 골짜기가 있고
백천동 태상동 구성동 계곡이 있다는

장안사에서 동금강천을 거슬러 오르면
표훈사가 있고
금강문을 지나면 만폭동이 시작된다는

해설원은 내강리에서 만폭동 지나
금강산 최고봉인 비로봉 오르는
만폭동 길이 가장 볼만하다고 한다

단발령, 머리카락 자르고 속세를 잊는

통구에서 삽십 리 내금강 출입구
단발령 고개에 올라서면
옥 더미가 쌓인 듯 첩첩 봉우리*

여기서 신라 왕자 하나는
고개에 올라 금강산 바라보고는
머리 깎고 승려가 되었다 하고

어떤 사람은 금강산에 들어오다
아름다운 경관에 반해
그 자리에서 머리카락을 자르고

부처와 보살과 신선이 사는 곳을 보고는
속세로 돌아갈
마음을 잊었다고 한다

경원선 철도와
금강산 전기철도가 생기기 전
우리 선조들은

개경이나 한양에서 출발
북한강 줄기를 거슬러 강원도 회양으로 들어서
단발령을 넘었다

단발령에 올라서면
노송 두 그루와
주변을 둘러싼 흰 산봉우리들

눈이 내린 듯
희고 담백한 봉우리를 감싼
산자락의 전나무와 소나무 숲

봄여름에는 연분홍 진달래와 싱그러운 신록
가을에는 단풍
겨울에는 흰 눈이 덮인 산

초목이 계절 따라 색을 어떻게 바꾸든
산록 위로 솟아있는 바위들이
하얀 목련 같고 백련 같다

* 『금강산 일만 이천봉』, 30쪽 참조.

김소월, 많이도 잘도 울었을

단발령에서
소월의 시 「팔베개 노래」에 나오는
단발령을 떠올린다

"두루두루 살펴도
금강 단발령
고갯길도 없는 몸
나는 어찌하라우"

이런 구절을 쓰며
많이도 잘도 울었을
소월

동경상과대학을 가고
신문사 지국을 운영하고
고리대금업을 하다 실패하고

생계에 좌절하여 술로 견디고
폐인이 되고
생활에 져서 자결한 시인

소월의 아버지는
소월이 두 살 때인
1904년

정주와 곽산 사이 철도 부설 공사장에서
일본인 감독에게 얻어맞아
정신 이상이 되었고

이것이 한이 된 소월은
식민지 조선의 한을
시로 썼을 것이다

문선교, 선경이 어디냐 묻는다는

단발령에서 내려와
동쪽으로 십 리 가면
내금강 모든 물이 합하여 흐른다는 만천

내금강 입구인
금강군 내강리에서
북쪽 금강문까지가 만천구역이라는데

만천구역은
내강동 금장동 장안동
표훈동으로 나뉜다고 하는데

단발령 고갯마루를 내려가
피목정과 길경마을을 거쳐
금강천을 건너고

금강천과 동금강천을 가르는 중산리 고개를 넘어
만폭동 백탑동 영원동 물이 모여 흘러온
동금강천을 건넌다

동금강천 흐르는 물을 오른쪽에 끼고
고목리 자양동 정야동 정오동을 지나
내금강 관문인 내강리로 들어간다

내강리에는 내강교와 만천교가 있고
만천교는 금강산을 가며 선경이 어디냐?
묻는다는 옛 이름 문선교問仙橋*

문선교는 향선교向仙橋라고도 하며
신선이 사는 곳으로 향해 간다는**
속세와 신선의 경계

만천교에서
이 리 반쯤 만천을 따라 내려가면
남천교가 있고

남천은
백마봉에서 국사봉에 이르는
백두대간에 수원을 둔 개울

계곡 따라
숲이 짙고
흙은 살찐 말의 엉덩이마냥 두텁다

* 『금강산은 부른다』, 98쪽 참조.

** 『금강산』, 87쪽 참조.

내금강역, 옛 금강산 전기철도 종점

내강리와 만천교를 잇는 내강동에는
1940년대 금강산 전기철도 종점인 내금강역
지금은 중학교가 들어섰다는 해설원의 말

일본 제국주의가
창도의 지하자원인 유화철을
흥남을 경유 일본으로 반출하기 위해

주민들을 강제로 동원하거나
중국인들을 고용하여
금강산 전기철도를 건설하였다고 한다

금강산선은 1919년 착공
1924년 8월 철원에서 김화 구간을
1931년 7월 철원에서 내금강 전 구간을 개통

금강산 관광과 자원 수송을 병행했다고 하는데
철원 김화 지역 학생들 통학과
금강산 수학여행 길이었다고 한다

속담 놀이, 금강산도 식후경

전나무와 잣나무 숲이 우거진 내강리에는
내강교를 건너기 전
장연사 터가 있고

장연사는 통일신라 때 창건된 절이라는데
1950년 전쟁 때 불타
3층 석탑만 남아있다

장연사 터 뒤에는 모양이 삿갓을 닮아서
삿갓봉이라는 산봉우리
운허 용하가 지은 『불교사전』에는 주소가 없다

남천교 건너
방가로 집단 시설 오른쪽에 보니
내금강 호텔과 상점들

해설원이 식당을 향해 앞장선다
"금강산도 식후경이지요."*
해설원이 웃는다

"당연합니다.
금강산 구경도 배가 불러야 하고
군자 노릇도 배가 불러야 하는 것이지요."

"시인 선생님, 유식하십니다
금강산 그늘이 관동 팔십 리 간다.
이런 말은 아십니까?"

"금강산이 높고 커서
그늘이 멀리까지
넓은 지역을 덮는다는 말이겠지요?"

"아닙니다. 금강산 때문에 관동 일대가 아름답듯
덕망이 있고 훌륭한 사람 아래 있으면
그 덕을 받게 된다는 말입니다."

"아하, 뜻이 깊고 오묘합니다.
소주나 한 병 시켜주십시오.
북녘 소주 한잔하고 싶습니다."

해설원이 따라주는
금강산 약수로 만든 듯 맑고 찬
평양소주 맛이 일품이다

찹쌀과 흰쌀과 강냉이를 주원료로
대동강식료공장에서 만든
알코올 30도 평양주

"오랜 옛날부터 전통적으로 내려오던
이름난 술의 하나로서
깨끗하고 순한 조선 명주입니다."

* 이하 속담들은『금강산은 부른다』93쪽을 재구성.

화병대폭포, 꽃병에 물줄기 쏟아지듯

해설원을 앞세우고
백마봉에서 시왕봉으로 이어지는
암릉 남쪽 골짜기

금장암 터와 장경봉
비단폭포와 화병대폭포로 향한다
골짜기 이름이 금장동이라고 한다

금장암 터에는
건물들이 모두 불타버려
금장암 터만 있고

머리털이 북실북실
앞가슴이 두툼한 사자 네 마리가
살진 다리로 탑을 받치고 있다

석탑 뒤로는
널브러진 돌밭과 잡초
세월의 무상함을 말해 주고 있다

바위산을 서서 올라가고 있는
물푸레나무와 굴참나무와 화살나무와 갈매나무
산봉우리가 희고 뾰족하다

가을에는 단풍나무와 흰 돌탑
검푸른 송백나무와 주목
흰 바위가 어울려 아름답겠다

금장암 터와 가까운
병풍으로 둘러선 암벽 사이
두 계단으로 된 흰 폭포가 떨어져 내리고

사람들은
비단폭포라고 부른다는데
길이가 칠십 미터가 된다니

저 폭포를 끊어 옷을 지으면
수백 벌
비단옷이 되겠다

비단폭포 위에는 화병대폭포
봄날 폭포 주변에는 꽃나무 군락이 꽃병풍을 쳐서
물줄기가 꽃병 안으로 쏟아지는 듯하다고 한다

장안사, 소나무와 전나무가 둘러싼

예전에 큰 사하촌이 있었다는 만천교 건너면
산언덕 숲속 분지에
소나무와 전나무가 둘러싼 장안사 터

신라 법흥왕 때 진표율사가 창건
유점사와 함께 금강산 2대 사찰이었던 장안사
지금은 폐허가 되어 비석과 부도와 푯대만 서있다

병자호란 때
남한산성에서 끝까지 싸울 것을 주장했고
청나라에 붙잡혀 갔으나

조금도 굴하지 않았다는
낙전당 신익성의
「내외금강산 유람기」를 넘겨 본다

낙전당은
단발령에서 장인사까지
물을 다섯 번 건너고

장인사에서 시냇물을 따라
삼나무와 소나무와 단풍나무와 노송나무가 빽빽한
숲길을 육 리 칠 리 걸어가다

작은 길로 난
시내 두 개 건너
장안사에 도착했다고 기록하고 있다*

한때 전각이 칠십여 채 되는 큰 절이었으나
6 · 25 전쟁 때 완전히 파괴되는
참화를 입었다는 장안사

고려인 출신 원나라 기 황후가
복을 빌기 위해 바쳤다는
솜씨가 정교한 무진등도 있었다는데

금강산에 여덟 번이나 올랐다는
매월당 김시습은
시 「장안사」에서 이런 시구절을 남겼다

"새벽에 해 오를 때 금빛 전각 빛나고
차 연기 날리는 곳에 서린 용이 날아오른다
맑고 한적한 경계 두루 유람하면서
마침내 영욕을 모두 잊어버렸다"**

* 『금강산 가는 길』, 27-28쪽 참조.

** 『금강산은 부른다』, 158쪽 참조.

금강국수나무, 연분홍 작은 꽃이 피는

장안사 터 마당쯤에 서면
장경봉 지장봉 석가봉 관음바위가
올려다보이고

숲이 우거진 지장봉에는
칠월이 오면 적갈색 작은 가지에
연분홍 작은 꽃이 모여 피는 금강국수나무

금강국수나무는
바위틈에 뿌리를 내려
가지가 국수 가락처럼 자란다

가지를 잘라 벗기면
국수 모양 하얀 줄기가 나와
국수나무라고 부른다는 나무

국수나무 덤불은
새들이 집 짓고 새끼치기에 좋고
꽃에 꿀이 많아 꿀벌이 잉잉거린다는 곳

국수나무는 숯가마 포대를 만들었고
삼태기나 바지게도 만들고
줄기와 잎을 붉은색 염료로 썼다고 한다

국수나무
나도국수나무
산국수나무

섬국수나무
중산국수나무도 있는데
금강국수나무만은 금강산에 산다고 한다

명연, 새가 노래하듯 우는

장안사 터에서 개울 따라
정양사 오르는 길
개울 바닥에 푸른 돌이 깔려 물이 파란 벽류다

돌무더기와 단풍잎 구경하며
바닥이 훤히 보이는 계곡을
거슬러 올라가면

삼불암 조금 못 미쳐
연못 물이 깨끗하여
새가 노래하듯 맑은 소리 내는 명연

연못 옆 큰 바위에 새긴
명연鳴淵
옛 시인 이민구는 시를 남겼다

"나에게 옥피리 있다 하여도
구태여 명연에서는 불지 않겠다
검은 용 놀라서 잠에서 깨면
맑은 하늘 천둥 치고 비를 쏟아낼 것이다"*

사람들은 명연을 울소라고도 부르는데
깊고 맑은 물에서
유영하는 작은 물고기들

해설원은
여기가 만폭동 입구여서
작은 물고기들이 있으나

물이 차고 맑아
이곳 이상은
물고기가 상류로 올라가지 못한다고 한다

마음에 잡된 것을 키우지 않는
차고 맑은 계곡 같은 삶을 생각해 보는데
해설원이 길을 재촉한다

* 『금강산』, 90쪽 참조.

삼불암, 아버지와 세 아들 이야기

개성에 김동이라는 큰 부자가 살았는데
금강산에 들어와
김동사라는 절을 짓고 살았다고 한다

나옹스님이 도력이 높다는 소문을 듣고
장안사에서 가까운 삼불암 바위에
불상 조각하는 내기를 걸었는데

정한 시간 내 솜씨를 겨루어
지는 사람이
명연에 빠져 죽기로 했다는 것

겨루기 결과 김동이 져서
결국 명연에 몸을 던졌는데
김동의 시신은 명연 바닥 긴 돌로 굳어지고

아버지가 죽었다는 소식을 듣고
개성에서 달려온 세 아들
명연가에서 슬피 울다

명연 옆에서
삼 형제 바위로 굳어져
마애삼불이 되었다고 한다*

그래서 명연은
울소라고도 부르고
명담 울연 김동연이라고도 부른다는데

나옹스님의 원불로 조각된 삼불암
오른쪽 미륵불 가운데 석가불 왼쪽 아미타불
여기서 백화암 터까지 꾀꼬리가 많이 산다고 한다

* 『금강산은 부른다』, 180쪽 참조.

울소, 아버지 죽음을 슬퍼하는 울음소리가 들리는

해설원은 울소의 소리가
삼불암을 조각한 석공 하달의 세 아들이
아버지 죽음을 슬퍼하는 울음소리라고도 한다

하달은 이름난 표훈사 석공이었고
열두 고개와 열두 강을 건너는 먼 하늘 아래
아내와 아들을 두고 있었다

칠 년 동안 일을 마치고
집에 돌아갈 때가 되었는데
늙은 중은 석공을 돌려보내는 게 큰 걱정거리였다

여러 해 일하는 동안
표훈사 중들이 백성들을 속여 먹는 것을
낱낱이 알고 있었기 때문

늙은 중은 부처를 방 안에만 모실 게 아니고
산천 구경하게 바깥에도 모셔야 한다며
석공에게 큰 부처 세 개를 조각하라고 했다

돌 쪼는 솜씨가 약간 있는 젊은 중에게는
작은 부처 예순두 개를
만들라고 하면서

늙은 중 누각에 올라서 말하길
"시합에서 진 사람은 계곡에 빠져 죽어야 해!"
그리고 하달이 지게 하려고 애를 썼다

작은 부처를 새기는 젊은 중에게는
부처 형체만 알아볼 수 있으면 되니
숫자만 채우라고 하며 몰래 도와주었는데

그걸 알고도
후세에 전할 걸작을 남기려
정성과 지혜를 다한 석공 하달

시합에서 져서 소에 몸을 던졌는데
몸에 돌가루가 많이 묻어서
하달의 시체는 기다란 돌이 되었고

소식을 듣고 달려온 세 아들
죽은 아버지 앞에서 울다가 돌로 굳어져
삼형제바위가 되었는데

세 아들의 슬픔에 북받친 울음은
흐느끼는 울음소리로 바뀌고
중들은 울소 곁을 지날 때 두려워 피해 다녔다고 한다*

* 「울소」(『금강산 이야기』)를 재구성.

백화암, 부도밭에 서산대사 비문

백화암은 서산대사가 오래 머물렀던 곳
임진왜란 때 승려 수천 명을 모아
왜적과 싸웠다는 이천여 자 비문 내용

임진왜란이 일어나자
백화도인 서산대사는 조선의 각 사찰과
암자에 격문을 보냈다

"늙고 병든 중들은 지성으로 부처님 앞에
국가를 위하여 기도하고
청장년은 나라를 구할 군인으로 뛰어나오라."

격문이 돌자
평안 경기 황해 충청 전라도 승려들
서산 영규 처영 의영대사한테 몰려왔다

유점사에 머물던 사명대사는
뒤늦게 서산대사가 보낸
격문과 서신을 받고 부르르 떨었다

"슬프다!
섬의 오랑캐들이 창궐하여
국토가 함몰되고 임금이 의주까지 피했으니

국가의 운명이 바람 앞에 등불 같고
민족의 생명이
도마 위에 물고기와 육고기로다.

그대는 함경 강원
각 사찰 승려를 동원하여
구국 항쟁에 매진하라!"

사명은 서산의 편지를 읽고 통곡하며
승려를 인솔해 건봉사로 가서
서산이 보낸 격문을 읽었다

건봉사에 모인 칠백여 승려들은
격문을 다 읽기도 전에
만세를 외치고 싸우러 나가자고 아우성이었다

"대개 정통을 옹호하고
악마를 쳐 없앰은
불교 가문 큰 스승들의 깃발이요.

착한 것에 상을 주고
악한 것에 벌을 줌은
모든 하늘에 사는 신병을 거느린 장수들의 직책이다."*

* 『고성군지』 참조.

승려들, 평양성 탈환 위해 진군

사명대사는 계속하여
거침없이 스승 서산대사의 격문을 읽어갔다
승려들의 분노는 점점 더 높아갔다

"팔도 모두 승려들이여!
그 누가 이 국토에서 자라나지 않았으며
그 누가 우리 조상의 혈족이 아니냐.

그 누가 이 나라 국민이 아니냐
나의 생명을 중생의 고통을 대신함이
보살의 정신이다.

더욱이 죽일 것은 죽이고
싸움에 물러가지 말라함은
원광법사의 교훈이요.

나라를 보호하고
백성을 구제함은
우리나라 불법의 전해 오는 이야기다.

승려들은 어찌 이런 대의와 정도를 버리고
구구히 산속에 몸을 감추어
생명을 구하는 무리가 될 것인가.

늙고 병들어 걸음을 걷지 못할 자는
각 사찰에서 지성으로 기도하고
아직 한 팔로 몽둥이를 잡을 힘을 가진 자는

다 뛰어나오라
그리하여 마귀 군대를 항복시키고
나라를 구제하자."

사명이 서산의 격문 읽기를 마치자
승려들은 분노하고
적개심이 폭발하였다

어떤 이는 의기가 하늘을 찔러
입으로 손가락 깨물어
깃발에 붉은 피로 항마구국이라고 쓰고

어떤 이는 머리를 법당 기둥에 쳐서
피를 내며 부처님 앞에 항마구국을 맹서하며
분노와 적개심을 폭발시켰는데

사명대사가 거느린 칠백여 승병은
천 리를 걸어 순안 법흥사에 도착
승의병 본부를 두고 승병을 모집

각 도에서 모여든 승병
도합 육천으로
평양성 탈환을 위해 진군했다*

* 『고성군지』 참조.

사명대사, 일본에서 포로를 데려온

임진년에 일어났다 해서 임진왜란
7년을 끈 전쟁
왜군은 패해 물러갔지만

조정에서는
왜군에게 항복을 받아오고
포로로 잡혀간 백성을 찾아올 사신이 필요했다

조선에서는 사명대사 말고는 없었다
스승인 서산대사와 함께
군대를 모아 조선을 구한 승려 사명대사

사명대사는
일본에 도착하자마자
조선 임금의 편지를 전했다

"우리 조선에서 살아있는 부처님으로 알려진
사명대사를 사신으로 보낸다.
그리하여 그대들의 잘못으로
어긋난 관계를 바로잡으려 한다.

더불어 그대들이 끌고 간
우리 백성들도 돌려보내라."

일본 왕은 조선이 일본을 업신여기고
살아있는 부처는 믿을 수가 없다고
사명대사를 시험해 보기로 하고

우선 360칸 긴 병풍에 쓴
일만 일천 편의 시를
말 타고 지나가며 외우게 하고

함정 파놓고 유리로 덮어놓기
쇠로 만든 배에 묶어
용강못에 밀어 넣기를 했지만 소용없었다

구리로 지은 집에 들어가게 하고 장작불 때기
무쇠 말에 태워 화약을 매달고 불붙여
폭발시키기를 했지만 소용없었고

조선이 있는 쪽에서 먹구름 밀려오게 하여

천둥 번개가 치고 소나기가 퍼부어
왜놈의 궁 안을 물에 잠기게 하였다

사명대사는 야단을 쳤다
"너희들이 계속 나를 속이려는 속셈을
내가 왜 모르겠는가.

남은 목숨이라도 살리고 싶거든
잘못을 뉘우치고
조선에 항복하는 글을 올려라."

일본 왕은
신하들에게 말했다
"사명대사가 살아있는 부처가 분명하구나."

일본 왕은 항복하는 글을 사명대사에게 올렸고
사명대사는 동포 3천5백 명을 데리고
돌아왔다는 해설원의 설명이다*

* 「나라와 백성을 구한 사명당」(『애들아, 금강산 가자』) 참조.

표훈사, 시냇물과 솔바람이 합주하는

전나무 숲 사이로 난 길 따라 백화암 터 지나
옛날엔 산 그림자 비치는 함영교라 불렀던
다리 아래 물고기가 유영하는 표훈사교를 건너면

소나무와 잣나무 숲이 에워싼 흰 절마당과
마당가에 단풍나무와 불두화를 키우고 있는
아담하고 정갈한 표훈사

"맑은 연못에 꽃 그림자 그윽한데
옛 바위에 늙은 잣나무 그늘을 드리웠다"는
옛사람 최창대의 시구절이 생각난다*

유일하게 6 · 25 전화를 피해 간
내금강 깊숙한 곳에 위치한
한때 스무 개 전각과 53불 철탑이 있었다는 절

주불을 모신 반야보전과
명부전 영산전 어실각 칠성각 능파루와
검은 돌이끼가 낀 칠층 석탑

고려의 임춘은 날이 저문 황혼에
굵은 비 오는 날
표훈사에 묵으며 아래와 같이 시를 썼다

"돌고 돌아 표훈사 찾아가니
시냇물이 솔바람과 합주하네
사문은 나를 맞아 불당에 앉히고
스님은 죽 내오고 젖은 옷 말려준다"**

조선의 허균은 표현하기를
"영롱하고 푸른 금빛 숲 끝에 맺혔는데
넓은 법당 사람 없고 저녁 종만 울린다"***

김창흡은 시에서 아래와 같이 읊었다
"만 개의 옥 바위 가파른데
신선 무리들이 출입하는 관문이다"****

임금 옆에서
벼슬아치를 했던 조경
표훈사에 와서 이런 시 구절을 남겼다

"잠시 마루에 두 다리 뻗고 생각하니
지난날 헛된 일로
대궐에 출입했구나"*****

* 『금강산 가는 길』, 302쪽 참조.
** 위의 책, 298-299쪽 참조.
*** 위의 책, 295쪽 참조.
**** 위의 책, 300쪽 참조.
***** 위의 책, 297쪽 참조.

능파루, 난간에 앉은 달빛이 아름다운

관념산수와 진경산수에 능했던
화가 최북이 그린
수묵 담채 표훈사가 생각나는 곳

그림 속에 돌다리 함영교를 건너면
개울 앞 능파루가
나무들과 어울려 아름답다

김병연은 과거 시험에서
반란군에게 항복한 관리를 욕하는 시를 썼다가
그 관리가 나중에 할아버지임을 알고

평생 헌 삿갓을 쓰고 떠돌며
양반들의 어리석음을 비웃고
굶주린 백성들의 고통을 시로 썼다

어느 날 김병연은
금강산 만폭동 표훈사로 들어가다
짧은 시 한 편을 읊었다

"나는 청산이 좋아 들어가는데
녹수야 너는 어이하여 내려오느냐"

초라한 행색을 한
나그네 입에서 나온 시에 놀란
능파루 이층 다락에 모여있던 이 고장 선비들

김병연은 능파루 위에서 벌어지는
시회에 초대되어
시를 입으로 불러주고 홀연히 떠났다

입에서 나온 말을
붓으로 받아 적은 선비들
나중에 붓을 놓고 읽어보니

"소나무와 소나무 잣나무와 잣나무
바위와 바위를 돌아서니
산과 산 물과 물 가는 곳마다 신기하다"*

금강산을 찾은 시인 묵객들이
난간에 앉은 달빛이 아름다운 능파루를
시로 썼을 것만 같은 곳

누각 지붕은 고색창연하고
주변 숲은 푸른데
능파루 앞을 흘러가는 개울물 소리 맑다

* 『김삿갓 금강산 방랑기』 참조.

법기보살, 금강산에 살며 설법하는

삼국 전쟁의 회오리 속에
상처받던 민중들이 마음을 묻어두고 싶었던
불국토의 중심 금강산

화엄경 교리에 의해
불국토 신앙을 꽃피우고 정착시키고자
노력했던 신라

의상대사의 제자인 표훈은
법기보살이 살고 있는 법기봉 앞에
절을 세우고 표훈사라 하였다

화엄경에는
금강산에 1만 2천 명의 권속을 거느린
보살이 지금도 설법을 하고 있다고 한다

금강산과
1만 2천 봉
그리고 금강산 주불인 법기보살

법기보살은
항상 반야법문을 한다고 하여
표훈사 본당 이름을 반야보전이라 하고

법기보살이 항상 동쪽을 향한다고 하여
법기보살 장육상을
동쪽으로 향하여 주존불로 안치했다

신라인에게 자부심이었던
법기보살
삼천리 강산인 우리 국토 안 금강산에 살고 있다

정양사, 볕바른 곳 앉아있는

표훈사에서 숲으로 우거진 산길 서쪽으로 이 리쯤
법기보살이 출현했던 방광대 언덕 위에
정남향을 하고 앉아있는 절

이곳 헐성루에서 바라보는
탁 트인 내금강 경치가
제일 좋았다고 한다

이곳에 오르면 구슬 굴 속에 앉은 듯
맑은 기운으로 바른 볕을 쬐며
내금강 승경을 한눈에 볼 수 있었는데

한국전쟁 때 불에 탔다는
헐성루와 나한전과 영산전
그리고 개암나무와 전나무가 둘러싼 깨끗한 흙 마당

법기보살을 주존으로 모신 반야보전과
약사전과 약사전 앞
삼층 석탑과 석등

앞뜰 약사전은
관가를 등에 업고 세도가 등등한
정양사 늙은 중이 사하촌 농부들을 찾아가

당장 약사전을 짓는데 나오라고 하자
농번기에 바쁜 농민들을 대신하여
보살이 어린아이로 현신 목수 행장을 하고 와서는

처음 며칠 금강산 구경을 하더니
망군대 올라가서 육각집을 떠올리고
백운대 올라가서 긴 추녀를 떠올리는가 하면

중향성 저녁노을 구경하고 단청색을 고르고
구룡폭포 장엄함을 보고서
대담함을 배워 지었다는 전설이 있고*

송강 정철은
이곳 정양사 진헐대에 올라
시를 남겼다

"크고 작은 향로봉을 눈 아래 굽어보며
정양사 진헐대를 다시 올라 앉아보니
여산의 참된 모습 여기야 다 뵈도다
아! 하늘의 이 조화 참으로 굉장하다"

* 「금강산의 어린 목수」(『금강산 이야기』) 참조.

헐성루, 신선이 되어 봉우리 바라보는

6 · 25 때 불에 탔다는
옛날에 높은 누각이 있었다는
정양사 망루 헐성루 터

금강산 비경을 조망하는 최적의 명소여서
이곳에 문인들이 와서 남긴 시가
시집 한 권이 넘고

옛날부터 지금까지 그린
금강산 그림만 모아도
미술관 하나가 된다고 한다

정선의 〈금강전도〉가 생각난다
1만 2천 봉을 다녀와
아마 이곳 헐성루에 올라

비로소 신선이 되어
새의 눈으로 봉우리와 골짜기와
수목과 사찰을 내려다보고 그렸을 것이다

사대부 출신 화가 정선은
금강산에 와서 머릿속으로 상상하는 관념 산수와 작별
직접 본 풍경을 그렸고

서른여섯 살 때
금강산 여행에 감동하여
조선의 그림을 자각했다

나무 한 그루 바위 한 개
눈앞에 보이듯 그린 그림
사람들은 정선의 그림에 감탄하였다고 한다

해설원은 금강산이 생긴 이유가
헐성루라는
장관 하나를 만들기 위해서라고 한다*

* 『금강산』, 98쪽 참조.

김금원, 헐성루에서 시를 남긴

조선 선비들의 일생일대 꿈이었던
금강산 여행
조선의 여성들 역시 금강산 여행이 꿈이었고

꿈을 이룬 대열에
황진이와 김만덕과 김금원이
기록으로 남아있다

기생으로 이름을 날리다
기적을 지우고 좋은 집안의 백수건달 이생과
금강산 여행을 한 송도의 명기 황진이

한때 기생이었으나 객주를 열고
큰 부자가 되어 굶어 죽는 제주 백성을 구제한
의녀반수 벼슬을 받은 제주의 김만덕

실학자 박제가는
김만덕의 선행을 기려
아래와 같이 시를 썼다

"귤밭 깊은 숲속에 태어난 여자의 몸
의기도 드높아 주린 백성 없앴다
벼슬은 줄 수 없어 소원을 물으니
일만 이천 봉 금강산 보고 싶다고 한다"*

열네 살 나이로 금강산을 여행하고
여러 편의 시를 남긴
김금원은 이곳 헐성루에 와서 시를 썼다

"헐성루 골짜기 위압하며 하늘 중천 높이 솟았거니
산 입구에 들어서자 그림 속 수림인 양 아름답다
보이는 곳마다 천태만상 이루었으니
연꽃 바다 펼친 듯 만 봉우리 우뚝 솟아있다"**

* 김승종, 《제주신보》(2019. 10. 30).

** 「김금원의 금강산 한자시선」(『금강산 한자시선(하)』) 참조.
뒤에 인용하는 김금원의 시들은 모두 이곳에서 가져와 참조했다.

상제보살, 법기보살을 따라다니는

법기봉 아래
고개 숙이고
합장하고 있는 모습의 자연석

중생을 근심하고 염려하여
텅 빈 숲속에서 안타까운 마음으로
항상 울고 있다는 상제보살은

법기보살을 따라
7일 7야를 간절히 기도하면서
반야법문을 듣는다고 한다

해설사는
법기봉을 마주 보는 곳에
혈망봉이 있다 하고

험준한 혈망봉 위에는
큰 구멍이 뚫려
하늘을 마주 보는 듯한 바위가 있다는데

그 구멍을
여래 대법 안장이라고
부른다는데

법기부살이 중생을 위하여
법의 눈을
따로 갖춘 거라는데

옛날 옛적
천당옥경天堂玉京에 한 선관仙官이
옥황상제 총애를 받다 방자한 죄를 지어

인간 세상에 귀양 올 때
천국에 있던 석가산石假山을
줄로 꿰서 가져온 구멍이라고도 하고

천궁에 있는 제석보살이 금강산을 만들었는데
지구가 파괴될 때 금강산만이라도 천상으로 옮기려
미리 뚫어놓은 구멍이라고 한다*

* 『고성군지』 참조.

배석, 왕이 겸허한 마음으로 절한 바위

정양사에서 서북쪽으로 더 가면
정양산 방광대
넓은 산등성이를 하고 있다

방광대는
왕에게
절을 받은 바위인데

고려 태조 왕건이
신하들과 함께
내금강에 도착했을 때

법기보살이 현신하여
바위가 찬란한 빛을
사방 발했다고 한다

태조가 감동하여
겸허한 마음으로 엎드려 절을 한 바위가
배석拜石이다

자연에 절하는
겸허한 마음이
그를 왕위에 앉혔을지도 모른다

이곳 종각에 걸었던 범종
일제강점기 인천으로 반출되어
지금은 중국 뤼순박물관에 있다고 한다

백천동, 개울가에 뒹구는 전설

내금강 만천교에서
황류담과 오리바위를 지나
옥경담을 지나면

백천동 개울가
명경대와 천년을 이웃으로 지낸
수왕성 터

서기 935년 아버지 경순왕이
천년 동안 이어온 나라를
고려 왕건에게 맡기자

왕세자였던 마의태자
여기에 불복하여 재기를 다짐하고
군사 3천을 이끌고 북쪽으로 가던 중

금강산에 주둔하여
성을 쌓고
군사 훈련을 했다고 한다

태자는
군사를 내금강 입구
내금리라 부르는 삼억동에 주둔시켰으나

대류법사가 설득하여
군대를 해산하고
이들을 고향으로 돌려보냈다는데

경주를 떠나올 때 데리고 온
남동생은 출가하여
범공梵空이라는 스님이 되었고

여동생은 외로이 살다가
일생을 마감
훗날 효목孝穆이라 하였다는데

명경대 근처에는
왕이 되지 못한 비운의 태자와 관련된
전설과 유적이 뒹굴고 있다

수왕성, 마의태자를 지키던 돌성

마의태자를 따라와 일부 남은 군사들
돌성을 쌓았는데
그것이 태자성이라고도 불리는 수왕성

태자가 머물던 곳이
아래 대궐 터와 위 대궐 터
아래 대궐 터 옆 넓은 바위는 계마석繫馬石

태자 무덤은 비로봉 북서능선
그러니까 내금강 구성구역
등룡계곡 맨 위에 '신라마의태자릉' 비석과 함께 있다

무덤 옆에는 태자가 죽자
태자가 타고 다니던 말이 따라 죽으면서
돌로 변했다는 바윗덩어리 용마석이 있고

훗날 이곳에 들른 사람들은
태자의 충정을 기려
아래 대궐 터 입구 바위에 글자를 새겼다는데

東京義烈北地英風(동경의열북지영풍)
동경은 신라의 수도 경주
북지영풍은 초근목피로 연명한 태자의 모습

태자의 꿋꿋하고 의연한 태도를
칭송한 표현이라는데
태자인들 범부인들 세월 앞에 무엇이 다를까

명경대, 죄를 비춰 보는 바위

수왕성 아래
하늘에서 늘어뜨린 족자처럼
병풍처럼 서있는 삼백 척 자연석

바위가 거울처럼 빛나서
자기를 비춰 보면
죄가 있고 없고를 알 수 있다고도 하고

바위 아래 연못 황류담에 얼굴을 비추면
지은 죄가 있고 없고를
판별할 수 있다고도 한다

명경대 주변에는
판관봉 죄인봉 사자봉 지옥문 극락문이 있고
모두 사람이 죽은 후에 심판한다는 바위들

맑고 푸른 물과
붉고 흰 절벽
가을이면 물든 숲을 비춰 더 아름다울 것 같은데

석가봉과 시왕봉 사이 백천동 골짜기
명경대 옥경대 배석대 판관봉과
인봉 죄인봉 사자봉 이런 기암괴석들

어느 날 석봉만이라는 사람이
갑자기 죽어서
염라대왕청으로 붙잡혀 갔다고 한다

“이놈, 평생에 무슨 죄를 지었는지
사실대로 아뢰어라!”
시왕의 노기 띤 목소리가 석봉만을 위압했다

실제 지은 죄가 없는 석봉만은
겁에 질려 부들부들 떨면서 이렇게 대답했다
“법왕님, 저는 지은 죄가 없습니다.”

착하게 살아 죄가 없는 석봉만은
무서운 줄도 모르고 소리를 쳤다
“저는 죄 없는 사람이니 돌려보내 주십시오.”

"이놈!
여기가 어디라고 큰소리를 치느냐.
거짓말하면 용서 없을 줄 알아라."

시왕들은 다시 위엄 있게 말하고 나서
거울을 들여다보면서 그의 한생을 살펴보더니
머리를 갸웃거렸다

"너는 죽음의 명부에 잘못 오른 것이 사실이니
인간 세상으로 돌아가도 좋다.
어서 물러가거라."

저승사자는
석봉만의 팔을 묶었던 쇠밧줄을 풀어주고
지옥문 밖으로 내보냈다

이렇게 되어 석봉만은
인간 세상에 다시 나와 살게 되었는데
지옥에서 나온 곳이 명경대 앞이었다고 한다*

* 『금강산은 부른다』, 104쪽 재구성.

명경대, 부자나 벼슬아치들이 돌아가는

해설원은
거울바위라고 부르는 명경대 관련
또 다른 전설이 있다고 한다

옛날 봉덕이가 노자를 마련해
금강산 구경을 와서
주막에 묵었다고 한다

서울에서 온 양반이 안방에 묵고 있었고
봉덕이는 바깥방에 자리를 잡았는데
웬 중 하나가 와서 옆에 같이 잤는데

이른 새벽
서울 양반이 돈을 도둑맞았다고
난리를 쳤다

벙거지 쓴 사람들이 들이닥쳐
봉덕이를 잡아 봇짐을 풀자
서울 양반이 잃어버린 돈 꾸러미가 그대로 있었다

어이없는 봉덕이 억울함을 호소하고
같이 자던 중이 있었으니 찾아서
명경대에 비추어보자고 했다

벙거지 쓴 사람들은
봉덕이를 백천동 거울바위 골짜기로 끌고 가
비추게 하니 봉덕이 모습이 잘 보였다

봉덕이 죄가 없는 것을 확인하고
주막에 자고 있던 중을 데리고 와
명경대에 비춰 보니 중의 얼굴이 안 보였다

벙거지 쓴 사람들은
중을 오라로 묶어 끌고 갔는데
그 중은 고을 안에서 이름난 도적이었다

정직하고 순박한 사람은 자기 모습을 비춰 보지만
부자나 양반 벼슬아치들은
죄가 드러날까 봐 돌아간다는 명경대*

* 「거울바위」(『금강산 이야기』) 재구성.

영원동, 신령한 기운의 골짜기

명경대 오른쪽
산 아래 바위 절벽
바위 굴 두 개

아래 것은
살아서 죄지은 사람이 죽으면
넋이 들어간다는 흑사굴

위 것은
살아서 선행을 한 사람이 죽으면
넋이 들어간다는 황사굴이다

흑사굴에서
영원문 앞을 지나면
대궐 터와 조탑장이 있고

조탑장이 있는 곳은
명경대와 수렴동과
영원동이 갈라지는 곳

조탑장은 길을 지나던 사람들이
산행의 무사를 빌면서
작은 돌을 올려 쌓은 돌탑 거리

조탑장 옆 우두연마봉
위는 뿔 난 소머리 같고
아래는 말 대가리같이 생겨서 얻은 이름이다

여기서 백마봉에 이르는 구역인
영원동靈源洞은 숲이 우거진 아늑한 골짜기
깊고 고요하여 신선이 살 것만 같은데

영원, 그 이름처럼
신령한 근원이 있는 곳인가
전나무와 잣나무 숲을 지나니 영원암 터가 나온다

빈 절터 오른쪽 바위 절벽을 돌아
칡덩굴과 다래 덩굴이 엉킨 뒷산에 오르면
영원동을 조망할 수 있는 옥초대가 나오고

옥초대에서 바라보는
봉우리가 둥근 흙산인 백마봉
산봉우리에 흰 바위가 드러나 있다

능선을 따라 자라는 측백나무와 자작나무 수목림
사람 키를 겨우 넘는
고원 식물들의 질서

영원스님이 달밤에 옥피리를 불었다는 옥초대와
불경을 놓고 공부했다는 책상바위
지장봉을 마주 보는 배석과 오선암이 있다

백탑동, 탑이 많은 골짜기여서

수렴폭포를 지나면
수없이 많은 백옥같이 흰 돌기둥이
백옥탑을 만들어놓았다

바위는 목재 공장 판자를 쌓은 듯
가로로 균열이 생긴
판상절리 암석

탑이 많은 골짜기여서
백탑동이라는 이름이 붙은
자연 돌탑 무더기로 덮여 있는 백탑동

높이가 십칠 척이고
직경이 일곱 척에 이르는 다보탑이
백탑동에서 가장 크고 유명하다고 한다

백탑동천白塔洞天이라는 글씨가 있고
돌기둥과 벼랑 틈새마다
뿌리를 박고 있는 소나무와 단풍나무와 까치박달

다보탑에서 이 리 반을 더 가면
다보탑을 닮은
크고 작은 바위 무더기들

해설원은 이 모든 바위들을
무명중탑無名衆塔
이름 없는 대중의 탑이라고 한다

백천동 입구에서 수렴동까지 십오 리 반
백천동에서 백탑동까지 십오 리 길
백천동 입구에서 영원동까지 이십 리

백탑동과 영원동 사이에는
금강산 주능선 천화봉에서 지장봉으로 이어지는
암릉이 가로막고 있지만

두 계곡을 연결하는 경로가 있어
오십 리를 열 시간에 갈 수 있는
작은 길이 나있다고 한다

망군대, 적군을 감시하던

울창한 수림과 산봉우리로 둘러싸인
서쪽에 송라동
동쪽에 망군대 골짜기가 있다

송라골 거쳐
망군대로 가는 길가 봉우리에
반달 모양 돌성

막돌로 쌓은 돌성은
내강리 일대에 침입해 오는
왜적을 물리치기 위해 쌓은 것이라고 한다

성 위에는 지금도
적들에게 돌을 던지기 위해 모아놓은
돌무지들이 있고

옛날 적군을 감시하는
망대 구실을 해서 망군봉
봉우리가 높아서 망고대라고도 불렀다고 한다

금강산에서는
비로봉 다음가는 전망대라는데
망군대 북쪽에는 혈망봉이 우람하다

봉우리 꼭대기에는
커다란 맞구멍이 나있어
구멍으로 파란 하늘이 보이는데

동해변에서 옮겨 올 때 창을 꿰었던 구멍이거나
용이 뚫고 지나간 구멍이라고도 하고
우레를 맡아보는 신이 뚫었다고도 한다

망군대에서 혈망봉을 가장 잘 볼 수 있는데
송강 정철은
이렇게 노래했다

"높을시고 망고대 외로울 사 혈망봉
하늘에 치밀어 무슨 말씀 사뢰려고
천만겁 지나도록 굽힐 줄 모르는가
어와 너로구나 너 같은 이 또 있는가"

만폭동, 골짜기에 만 개 폭포가 있어

표훈사에서 동북쪽
계곡물 거슬러 올라가면서
크고 작은 폭포가 이어지는 내금강 진수 만폭동

석벽은 붉고
절벽은 푸른데
돌은 희고 물은 맑다

하루 종일 물방아를 찧는 수많은 폭포와
물을 담았다 쏟아내는 즐비한 소와 담
흔적을 남겨 보려 바위마다 새긴 빼곡한 이름들

금강산 구경은
만폭동 계곡 하나로 통한다는
해설원의 말

송강 정철은 마흔다섯에
강원도 관찰사에 임명되어
금강산에 와서 「관동별곡」을 썼고

나는 마흔다섯에
외금강과 해금강을 처음 돌아본 것을
예순이 되어 정리하고 있다

송강은 화천 가는 시냇물이 뻗어있는
금강산을 향해 거슬러 올라
내금강에 도착 이렇게 읊었다

"행장을 다 떨치고 석경에 막대 짚어
백천동 곁에 두고 만폭동 들어가니
은 같은 무지개 옥 같은 용의 초리
섯돌며 뿜는 소리 십 리에 잦았으니
들을 제는 우레더니 와서 보니 눈이로다"

산악의 아름다움과 암석의 아름다움
샘과 담소와 계곡과 폭포가 다투며 흐르는
협곡의 아름다움

샘과 담소와 계곡과 폭포에
비치는 오래된 나무와

울창한 숲

오래된 나무와 울창한 숲에
숨기도 하고 나타내 보이기도 하는
고요한 옛 절

정양사 헐성루에서 묵으며
시를 썼던 김금원은
만폭동 입구에서도 멋진 시구절을 남겼다

"계곡 따라 돌아드니 가는 곳마다 황홀경
낙화방초 티끌 앞에 못내 슬퍼지는구나
무지개 비낀 이 봄 한 폭의 그림 같은데
장쾌한 폭포 소리가 골마다 넘쳐 난다"

거북이바위, 용궁에 돌아가지 못한

만폭동 골짜기 올라가면
파란 물감을 풀어놓은 듯 거북이못과
거북이바위가 있다는 해설원의 말

그 앞 너럭바위에는
구멍이 하나 뚫려 있는데
동해 바다 용궁에서 온 거북이 살던 곳이라고 한다

어느 날 거북이는
금강산 온정천에 알을 낳으러 왔다가
송어에게 귀가 번쩍 뜨이는 말을 들었다

금강산이 어찌나 빼어난지
한번 구경하면 눈이 맑아진다는 것
거북이는 용왕께 졸라서 허락을 받았는데

용왕님은
"단풍이 지기 전에는 반드시 돌아와야 한다."
신신당부를 했다

용왕은 거북이가 걸음이 느린 것을 잘 알아
천리굴 지팡이로 굴을 뚫어
금강산 만폭동까지 단숨에 올라가게 했고

만폭동에 올라온 거북이는
눈부신 황홀경에 넋을 잃고 며칠 구경하다
용궁으로 돌아가야 하는 것을 잊은 채

못가에서 물을 마시다가
물 위에 단풍이 우수수 떨어진 것을 보고
깜짝 놀랐다

며칠 금강산 구경하며
산삼과 도라지 이런 약초들이 녹아내리는
보약 물 먹고 살이 올라 뚱보가 된 거북이

용왕님의 말이 생각나
서둘러 자기가 빠져나온 바위 구멍 앞으로 가
머리를 들이밀었으나 몸뚱이가 걸렸다

용궁으로 향하는 굴에 들어가려고
애를 쓰다 실패하고
기운이 빠져 주저앉은 거북이

언제부턴가 돌로 굳어
만폭동 골짜기
거북이바위가 되었다고 한다*

* 「용궁으로 돌아가지 못한 거북이」(『금강산 이야기』) 재구성.

금강대, 학 둥우리가 있었다는

표훈사에서 몇 걸음 만폭동 입구
청학대 아래 두 개 큰 바위가 윗부분을 맞댄
삼각형으로 서있는 자연 돌문

팔 척 높이 금강문
원화문이라고 부르는 이 문에서
조금 더 가면 금강대가 절벽으로 막아선다

옛날 높은 대 어디쯤
청학과 백학이 어울려 살며
신선을 태우고 오고 갔다고 한다

금강대 아래 너럭바위에는
양사언이 썼다는 글씨
봉래풍악원화동천蓬萊楓嶽元化洞天

송강 정철은
금강대를 올려다보며
이렇게 읊었다

"금강대 맨 위층에 선학仙鶴이 새끼 치니
봄바람 피리 소리에 첫잠을 깨었는가
흰옷에 검은 치마 공중에 솟아 뜨니
서호의 옛 주인을 반겨서 넘노는 듯"

아무리 금강대를 올려보아도
둥우리나 학은 보이지 않고
학 울음소리도 들리지 않는다

선학, 높고 맑고 크게 운다는

신선이 타고 다녀서
선학이라고 부른다는 두루미
단정학

십장생 가운데 하나로
장수와 고고함
선비의 기품을 상징하는 새라고 한다

백학은 천 년이 지나면 푸른색 청학으로
다시 천 년이 지나면
검은색 현학이 된다고 한다

남북을 자유로이 오가는
정수리가 빨간
군계일학의 두루미

수컷이 뚜루루루 뚜루루루 하면
암컷이 뚜룩 뚜룩 화답하는 울음소리에서
두루미라고 부른다는

나무에는 앉지 않고
창공에 맑고 큰 울음을 울며
너울너울 아주아주 높이 나는 새

목이 길어
천 리를 내다보면서
천천히 날아가 돌아오지 않는

저 북방의 대륙과 대양을 건너갔다
아무르강이나 흑룡강 습지 어디서
알을 낳고 새끼를 키워 겨울을 나러 오는 새*

아주 오래전 금강대 봉우리에서 떨어지는 돌이
학의 둥우리를 부수고부터
맑고 긴 학 울음소리를 듣지 못했다고 한다

* 이태곤, 『천년사랑 단정학』, 성화출판사, 2019 참조.

금강대 아래, 신선놀음에 도낏자루 썩은 사건

옛날 삼신산 신선들이 금강대 아래 모여
너럭바위에 삼산국三山局 바둑판을 새겨놓고
바둑을 두고 놀았는데

이곳에 나무하러 왔던 강생이라는 노인
신선들의 놀라운 바둑 솜씨에 빠져
시간 가는 줄 모르고 구경했다고 한다

하늘에서 무지개가 나타나자
신선들은 바쁘게
무지개를 타고 떠났고

노인은 그때야 자신이 나무하러 왔다는 것이 생각나
도끼를 드니
썩어서 쥘 수 없게 되었다고 한다

마을로 돌아오니 자기 집이 없어졌는데
길가에서 노는 아이들에게 물으니
집안이 망한 지 3대째가 된다는 게 아닌가

강생은
'신선놀음에 도낏자루 썩는 줄 몰랐군.'
중얼거리며 어디론가 사라졌는데

패가망신을 탓하거나
울고불고하지 않고 중얼거리며
신선인 듯 어디론가 사라졌다고 한다*

* 『금강산은 부른다』, 111쪽 재구성.

만폭필담, 비단을 공중에 펼친 듯

신선과 노인의 전설을 간직한
만 개 폭포가 쏟아내는
청아한 물소리가 들끓는 만폭동

계곡물 따라 청룡담 백룡담 지나면
금강산 명품
내팔담이 법기봉 발치를 휘돌아 간다

외금강 상팔담과 견줄 만한 곳은
오로지 내금강 내팔담
즉, 만폭팔담이라는 해설원의 말

흑룡담은 검푸르러 공포스럽고
비파담은 비파 소리를 내며 흐르는데
벽파담 푸른 물결 위에 물안개가 감돈다

너럭바위에 쏟아져 내리는 물이
흰 눈발을 흩뿌리는 듯 흩뿌려
이름이 분설담이라는데

장쾌한 진주폭포 아래 진주담은
물소리가 진주처럼 깨끗하고
바위에는 시인 묵객들이 다녀간 흔적 가득하다

거북 무양 연못인 구담과
배 모양 연못 선담
바람과 구름을 타는 용이 산다는 화룡담

맑은 물과 깨끗한 돌
흘러내리는 폭포는 비단을 공중에 펼친 듯
송강 정철은 이렇게 읊었다

"원통골 가는 길로 사자봉을 찾아가니
그 앞의 넓은 바위 화룡소가 되었구나
천년 묵은 늙은 용이 굽이굽이 서려있어
밤낮으로 흘러내려 바닷물에 이었으니
풍운을 언제 얻어 사흘 동안 비 내릴까
응달에 시들은 풀 모두 살려 내었으면"

보덕암, 지붕 세 개와 구리 기둥

만폭동 흑룡담 비파담 벽하담 지나
분설담에 이르면
법기봉 전망대 산기슭 바위 벼랑

바위 굴을 파내 지은 절은
아홉 마디 구리 기둥 하나와 쇠사슬에 의지해
새집처럼 매달려 위태롭다

바람 불어도 흔들
마루 위를 걸어도 흔들
아슬아슬해서 아름다운 절

고구려 안원왕 때인
7세기 전반
보덕화상이 지어서 보덕암이라는데

처마는 새가 나는 듯
지금 건물은 삼백 년 전에도
지붕 세 개와 구리 기둥이 있었다고 한다

중국에서 사신으로 따라온
벼슬이 두목인 정동은
금강산 구경 후 보덕굴에 이르러 말했다

"이곳이야말로 진짜 부처의 경지다.
원컨대 여기서 죽어 조선 사람 되어
오래오래 부처 세계를 보았으면 한다."*

이런 말을 남기고
소에 뛰어들어 죽었다고 하는데
소에 그의 이름을 붙여 주어도 되겠다

* 『금강산 식물생태』, 44쪽 참조.

보덕굴, 천리만리 꿰뚫어 보는 책을 받은

해설원의 말에 의하면
한봉이라는 아이가 어머니와
십 년 공부를 약속하고 금강산에 들어왔다

삼 년째 금강산에서 공부를 하고 있는데
지겨워져서
어머니에게 돌아가고 싶었다

느티나무 가지에 앉아
글공부하지 않아도
노래 잘하는 매미가 부러웠다

만폭동 골짜기를 산책하던 한봉이
꽃송이를 꺾어 든
아름다운 처녀를 만났는데 이름이 보덕이었다

보덕이는 한봉이 가슴에 꽃을 달아주었고
한봉이는 보덕이 손을 잡았고
보덕이는 한봉이를 유혹하며 달아났다

쿵쿵거리는 가슴으로
보덕이를 쫓아간 한봉이
보덕이는 절벽 바위 굴로 들어가 버리고

굴속에 따라 들어간 한봉이
보덕이한테 금빛 책 한 권을 받았는데
책 이름은 '전리만리 꿰뚫어 보기'

한봉이는 글자들을 한 자도 읽을 수 없었다
보덕이는 돌 책상 옆에 놓인 책 더미 가리키며
백 번 이상 읽으면 금빛 책을 읽을 수 있다고 하고

새로운 결심을 하고 돌아간 한봉이
어머니가 보내준 책들을 백 번씩 읽고
훗날 학자가 되었는데

자기를 깨우쳐준 보덕이를 잊지 못해
보덕이가 글공부하던 굴을 보덕굴이라 하고
나중에 보덕암이라는 절을 지었다고 한다*

* 「한봉이와 보덕이」(『금강산 이야기』)를 재구성.

소녀 보덕이, 초롱꽃을 보다

만폭동에 사는 소녀 보덕이
병이 난 홀아버지를 위해
땅 주인에게 쌀을 얻으러 갔다

하지만 땅 주인은
콩만 한 바가지 내주었는데
그것도 돌이 반이나 섞여 있었다

그거라도 다행이다 싶어
나중에 두 바가지로 갚기로 하고
돌 섞인 콩을 가지고 오다 바위에 기대 쉬다가

그만 잠들고 말았는데
꿈속에 나타난
수염이 하얀 할아버지

"콩을 가지고
초롱꽃 핀 굴 앞에 가서
밥을 지으면 콩이 쌀밥이 된단다."

보덕이 아버지 말씀하시길
"마음이 착한 사람에게
초롱꽃이 보인다는 전설이 있단다."

뒷산으로 올라간 보덕 처녀
굴 앞에 가득 핀 초롱꽃을 보았고
정성스레 콩을 넣고 밥을 지었는데

가마솥 뚜껑을 열자
하얀 찹쌀밥
솥 안에 가득가득

아버지는 그걸 먹고 병이 깨끗이 나았고
그 뒤로는 풀뿌리만 넣어도
찰밥이 되었다고 한다*

* 『애들아, 금강산 가자』에서 재구성.

보덕굴 전설, 욕심쟁이 땅 주인의 결말

콩을 넣고 밥을 해도 찹쌀밥이 된다는
보덕이네 소문을 들은
욕심쟁이 땅 주인

급히 쌀 한 가마니와
가마솥 메고
굴 앞에 찾아갔다

"콩을 넣고 끓여서 찹쌀밥이 나왔다면
쌀을 넣고 끓이면
금덩어리가 나오겠군."

쌀을 가득 넣고
불을 피운 땅 주인
가마솥이 부글부글 끓는 것을 바라보다가

궁금하고 궁금해서 솥뚜껑을 열었는데
쌀이 말똥으로 끓어
끝도 없이 흘러넘쳤다

놀란 땅 주인은 달아나고
수염이 하얀 할아버지가 나타나 말하길
"남의 것 빼앗는 네 놈에겐 말똥도 아깝다."

마음씨 착한 보덕이 마음을
오래오래 기억하기 위해
마을 사람들은 보덕굴이라고 한다*

* 앞의 책에서 재구성.

이율곡, 보덕암에서 시를 쓴

열여섯에
어머니 신사임당을 잃고
시묘살이 3년 후

열아홉에
금강산에 들어와 공부한
머리카락이 발끝까지 오도록 길었다던 율곡

금강산 기이한 형상과 모습 기록하기는
정말 어렵다고 한 그는
보덕암에 와서 시를 썼다

"내가 사랑하는 보덕굴은
구리 기둥이 천 척이 넘는다
날렵하게 허공에 있는 절
하늘의 조화이지 사람이 만든 건 아니다
아래서 올려다보면 그림과 같고
올라오니 몸에 땀이 난다
선승은 속세와 인연을 끊어서
가진 것이라곤 종이 봉지에 솔잎뿐

이곳에 살려는 마음 가지면
곡기 끊는 법부터 배워야 한다"*

율곡 「풍악행」을 읽어가며
율곡 영향을 받은
고성 지역 유가들을 생각해 본다

이이 김장생 송시열 이항로 최익현
그리고 유인석으로 이어진 기호학파 기운은
금강산 주변에 유가 정신을 틀었다

임진왜란 때
왜적들이 향교를 마구간으로 쓰며
마구 짓밟자

"너희 오랑캐 족속이 공부자를 어찌 더럽히느냐."
왜적의 탄압을 무릅쓰고
호통치고 꾸짖어 공자의 위판을 지킨 고성**

* 『금강산은 부른다』, 112쪽 참조.

** 『고성군지』 참조.

백운대, 흰 구름이 모여드는

화룡담 지나 백운동
아침에는 흰 구름이 흩어지고
저녁에는 흰 구름이 모여든다는 백운대

조선 화가 김응환은
정조의 명으로 김홍도와 함께
금강산 여행을 하며 이곳에서도 그림을 그렸다

구름으로 가득한 골짜기에서 솟아오른
날카로운 봉우리들
봉우리들 가운데 백운으로 휩싸인 백운대

도포를 입은 인물들이
지친 일행 손을 끌어주며
봉우리를 오르고 있다

옛날부터 백운대를 오르지 않고는
내금강을 봤다고 하지 말라는
금강산 절승

백운대에서는
기슭과 바위 사이사이 잡목을 섞어놓은
흰 촛대바위가 잘 보인다

동남향으로 내려가면 불지골
불지골에는 불지암이 있고
옛사람 성임은 이곳에 와서 시를 남겼다

"손님이 와서 자려고 하는데
맞이하려 나오는 사람이 없다
산이 둘러싼 이곳은 가장 좋은 땅
스님이 경전을 외우고 있다
계곡물은 언제 마르려는지
조롱에 담긴 등이 밤새 밝다
티끌 속 물거품과 허깨비 꿈
여기에 와서 비로소 깨닫는다"*

* 『금강산 한자시선』(상) 참조.

금강약수, 청년이 속병을 고친

깊은 병에 걸린 사람들이
만폭동 백운대까지 찾아와서 마셨다는
불지골 금강약수

해설원은
옛날 백운학이라는 청년이
이곳 물을 마시고 속병을 고쳤다고 한다

방 안에만 누워있던 스무 살 청년
온갖 약초를 구해 먹어도
병이 깊어갔다

어느 날 금강산에
무슨 병이든 고치는 약수가 있다는 소문을 듣고는
만폭동 골짜기 어디쯤 헤매다

부러진 날개를 끌고 와서
물을 부리로 찍어 바르더니
이내 푸드덕거리며 날아오르는 학과

사슴이 다친 발을 끌고 와
물을 적신 뒤
이내 뛰어가는 모습을 보았다

청년은 샘가에 움막을 짓고
며칠 물을 마시고 병이 다 나아
집에 돌아갔다고 한다*

금강산 약수를 원액으로 만들었다는
남성 화장품
'살결물'이 생각난다

평양 락랑구역 락랑 1동
금강산합작회사에서 만들었다는
피부 연화 탄력 강화 땀구멍 수축에 좋다는

고려인삼 추출물과 에틸알코올
향료를 섞어 만든
향이 곱고 맑았던 살결물 화장품

* 『애들아, 금강산 가자』에서 재구성.

마하연, 해동제일선원

만폭팔담 마지막 화룡담 지나면
옛 절터 마하연 이정표
소나무와 노송나무가 숲을 이룬 아늑한 절터

의상이 창건한
고풍의 깨끗한 선방
수월 만공 청담 향곡 성철이 용맹 정진했던

근대 선방으로 명망이 높았던
법기봉 아래
해동제일선원 동방제일선원이었던 곳

한국전쟁 폭격으로 폐허가 되어
잡초 속에 공덕비와 중창비 3개만 서있고
주춧돌과 깨진 기왓장만 나뒹굴고 있다

마하는 대승의 다른 말
마하연은 풍수적으로 금강산의 복장이어서
옛날에는 쉬운 세 칸 큰 절이었다는데

절은 지대가 높아
전망대와 휴식처처럼 사용되어
많은 사람들이 쉬어 갔다고 한다

절터 앞 계수나무는 계절을 알리고
전나무 군락은 높은 정신처럼
겨울에도 시들지 않고

어느 날은 금강산을 사랑한
추사 김정희가 이곳 절과 스님을 찾아와서
옛 스님의 영정에 글을 남겼다고 한다

중향성, 백옥으로 핀 연꽃인 듯

먼 옛날 담무갈보살은
금강산 중향성에서 일만 이천여 보살과
향불 피우며 불경을 설법하였다는데

이곳이 백운동 백운대 동북쪽
비로봉 가운데로 뻗은 줄기
불경 속 중향성이다

백옥으로 핀 연꽃인 듯
흰 눈으로 병풍을 친 듯
날카로운 바위로 첩첩 성을 쌓은 듯

웅장하고 절묘한 백금 빛깔
늘 구름에 잠겨있어
향나무 태운 연기가 산을 감싸며 피어오르는 듯

중향성은 백운대와 형제처럼
흰 구름을 가운데 두고
구름 이불로 같이 발을 덮은 듯 다정하다

송강 정철은
개심대에 두 번 올라
중향성을 바라보고 쓴 시를 남겼다

"개심대 다시 올라 중향성을 바라보며
일만 이천 봉을 똑똑히 세어본다
봉마다 맺혀 있고 끝마다 서린 기운
맑고도 깨끗하여 청정을 겸했구나
저 기상을 흩어내어 인걸을 만들고자
갖은 모습 한이 없고 산세도 굉장하다
천지개벽할 때 자연히 되었건만
이제 와서 보게 되니 대자연도 정이 있다"

중향성 아래는 지세가 높고 험해
덩굴을 붙잡고 올라가는 중백운암
그 아래는 불지암

불지암 아래는 계빈굴이 있고
계빈굴 북쪽에는 하백운암
작은 고개 너머 만회암이 있다

묘길상, 웃는 듯 눈매와 입매

마하연에서 골짜기로 더 오르면
서쪽 바위 대패로 민 듯한 절벽
햇빛에 얼굴이 도드라 보이는 묘길상이 있다

나옹스님이 조각했다는
우리나라에서 가장 크다는
이마에 백호를 박은 육십 척 불상

불상은 웃는 듯 소박한 눈매와 입매
불상 왼쪽에는
묘길상이라는 글자

표훈사에 살던 나옹스님이
절에서 내려와 마을을 둘러보다
시끄러운 속세의 평안을 위해 만들었다는

물욕에 어두운 승려 하나는
묘길상이 금덩어리로 보이자
무릎을 떼어 시장에 나가 팔았다고 한다

주위엔 박달나무와 물푸레나무가 우거지고

시내와 돌은 맑고 시원한데
절이 무너진 지 오래여서 승려는 옛날에도 지금도 없다

남아있는 석등 계단에
어지러운 새 발자국
옛 선비 하나는 새 발자국을 불경으로 읽고 갔고*

옛 음악가 성현은
묘길상암에서 묵으며
아래 시를 남겼다

"구름 자욱하여 사면의 산은 어두운데
들쭉날쭉 열 지어있는 그림 병풍
선방의 삶 참으로 적적하지만
마음은 저절로 깨닫게 된다
오솔길엔 붉은 단풍나무 비치는데
소나무엔 백학의 깃이 번득
가사 입은 스님이 나와서 읍하는데
상대하여 보니 두 눈이 푸르다"**

* 『금강산 가는 길』, 254쪽 참조.

** 위의 책, 256쪽 참조.

금사정, 물맛이 차고 달고 향기로운

묘길상을 지나면 이허대
이허대에서는 내무재령 골짜기로 가는
내무재골과 비로봉 가는 길이 갈라지고

비로봉골은
중간에 원적동이라 불리는
작은비로봉골로 다시 갈리고

작은비로봉골은
북한강 지류인
동금강천이 발원하는 계곡

오른쪽으로 갈라지는
내무재골로 들어서
사선교 지나 단풍나무 숲길 걸으면

개울물 소리 끝에
아름다운 백화담과
백화폭포

백화담 고개 밑 일출봉 서쪽에는
내무재 넘어가는 사람들이
목을 축이고 가는 금사정

수백 년 솟아오르는 금사정 물은
차고 달고 향기가 있다 하고
잣나무 숲 그늘이 하늘을 가린다

비로능선, 고산식물 군락을 따라

비로봉은 비로자나불에서 온 원적圓寂
원적은 침묵
만해의 시 「님의 침묵」을 생각하며 걷는다

내금강 동북 내륙
금강산 최고봉인 비로봉을 향해 걸으며
만해 한용운의 시 「금강산」을 읽어본다

"만 이천 봉 무양無恙하냐 금강산아
너는 너의 님이 어디서 무엇을 하는지 아느냐?
너의 님은 너 때문에 가슴에서 타오르는 불꽃에
온갖 종교, 철학, 명예, 재산, 그 외에도 있으면 있는 대로
태워버릴 줄을 너는 모르리라

너는 꽃에 붉은 것이 너냐
너는 잎에 푸른 것이 너냐
너는 단풍에 취한 것이 너냐
너는 백설에 깨인 것이 너냐

나는 너의 침묵을 잘 안다

너는 철모르는 아이들에게 종착 없는 찬미를 받으면서
시쁜 웃음을 참고 고요히 이쓴 줄을 나는 잘 안다"*

비로봉 다음으로 높은
내금강 전망대인 서쪽 봉우리
영랑봉을 바라보며

비로봉에서 작은 비로봉을 거쳐
올라가는 장군성
장군성에서 동남쪽 가까이 솟은 월출봉

월출봉은
내금강에서 보면 저녁에 뜨는 달이
봉우리 끝에 걸리고

일출봉도
내금강에서 보면
솟은 봉우리에서 해가 솟아오른다고 한다

봉우리 능선 험준한 산세

고산식물 군락 사이를 따라 걸으며
내금강 외금강 해금강을 바라본다

해설원은
어린아이를 품은 어머니 모습을 한
사랑바위를 가리키며

옛날 아이가 없는 한 부부가
이십 년 동안 이 고개를 오르내리며
산신에게 빌어 자식을 얻었다고도 하고**

조선이 들어서자
두 임금을 섬길 수 없다며
고려의 충신 부부가 이곳에 와서 살았는데

20년 동안 물을 퍼서 오르내리며
산신령이 키우는 아기 모양의 산삼에 물을 주고는
아기를 가졌다고 한다***

* 『금강산은 부른다』, 31쪽.

** 위의 책, 116쪽 참조

*** 「피 흘리는 산삼」(『금강산 이야기』) 참조.

금사다리 은사다리, 하늘에서 쏟아진

비로봉으로 오르는 비로봉 남쪽
절벽 지대를 타고 오르는 너덜길인
금사다리 은사다리

흑운모가 섞인 화강암이
아침에는 은빛
저녁에는 금빛으로 빛나서 얻어진 이름이다

옛날 비로봉 골짜기에
아버지 어머니 얼굴도 모르는
오누이가 살고 있었고

누나가 부모를 대신해
아홉 살 남동생을 돌보아 주었는데
갑자기 누나가 병에 걸렸다고 한다

마을 사는 의원 할아버지 왈
달나라 계수나무 열매를
한 광주리 먹어야 낫는다고 하는데

열매를 구할 길 없는 막막한 동생
사람들에게 하늘과 가까운 곳을 물어보니
비로봉 꼭대기라고 하였다

동생은 비로봉 꼭대기에 올라
하루 종일
하늘만 올려다보고 있는데

저녁이 되어 별이 뜨기 시작하자
갑자기 하늘에서
좌르르하는 소리가 들렸다

바위 뒤에 숨어
하늘을 바라보니
하얀 사다리가 내려오는 것 아닌가

그리고 선녀 하나가
은사다리로 물병을 안고 내려오자
은사다리는 다시 하늘로 올라가고

골짜기 아래로 내려가
한참 뒤에 물을 떠가지고 온 선녀
작은 바위 구멍에서 돌멩이를 꺼내더니

돌멩이를 하늘에 대고 비추자
하늘에서
금사다리가 미끄러져 내려왔다

선녀가 올라간 뒤 소년은
구멍에서 돌멩이를 꺼내 하늘에 비췄고
금사다리가 내려오자

소년은 재빠르게
금사다리를 잡아타고 달나라로 올라가
계수나무 열매를 땄다고 한다

한 광주리 열매를 들고
계수나무밭을 빠져나오다
달나라 왕에게 들킨 동생

사람이 달나라에 올라온 것을 알고
화가 난 달나라 왕
사다리를 지팡이로 후려갈기자

은사다리 금사다리는
수천만 개 바윗돌로 부서져
비로봉 꼭대기에 두 갈래로 쏟아져 내렸다

달나라 왕은 동생을 궁궐로 불러
자초지종을 듣고 감격
용마를 태워 비로봉으로 내려보냈는데

아무리 빠른 용마라 해도
아득한 달나라에서 비로봉까지 오는 데
보름이 걸리는 거리

동생을 찾아 나선 누나
비로봉 골짜기에서 동생을 기다리다
동생을 만나지 못하고 그만 숨졌는데

누나가 손에 쥐고 있던 초롱불은
바람 불어도 꺼지지 않았고
점점 금강초롱꽃 송이로 변했다고 한다*

* 「은사다리와 금사다리」(『금강산 이야기』) 재구성.

비로봉, 일만 이천 기상이 모인

금사다리 은사다리를 기어올라
비로봉과 영랑봉을 잇는 등성이에 오르면
비바람과 눈비가 뛰어놀기에 충분한 평지

바위에 눕고 엎드린 잣나무와
측백나무와 향나무와 소나무와 전나무들
자작나무가 드문드문 서있다

이런 비로고대에서 조금 더 오르면
불쑥 높아진 곳
내금강과 외금강 중심 비로봉

일만 이천 봉우리 기상이 모인 이곳에 올라서면
수많은 봉우리와 계곡
동해 바다가 장쾌하게 보인다

한 그루 잡목도 허용하지 않는
어떤 위대한 정신 같은
가파르고 험준한 바위 봉우리

시인 정지용은

1933년 6월

적요하고 아름다운 시「비로봉 1」을 발표했다

"백화白樺수풀 앙당한 속에

계절季節이 쪼그리고 있다.

이곳은 육체肉體없는 요적寥寂한 향연장饗宴場

이마에 시며드는 향료香料로운 자양滋養!

해발海拔 오천五千 피이트 권운층卷雲層 우에

그싯는 성냥불!

동해東海는 푸른 삽화揷畵처럼 옴직 않고

누뤼 알이 참벌처럼 옴겨 간다.

연정戀情은 그림자 마자 벗쟈

산드랗게 얼어라! 귀뜨람이 처럼."

그리고 또 한 편의 시

「비로봉 2」에는
담쟁이와 다람쥐와 자작나무와 바람이 보인다

"담장이
물들고,

다람쥐꼬리
숱이 짙다.

산맥 우의
가을 길—

이마바르히
해도 향그롭어

지팽이
자진 마짐

흰들이
우놋다.

백화白樺 홀홀
허울 벗고,

꽃 옆에 자고
이는 구름,

바람에
아시우다."

바위가 틈을 보이는 곳에
뿌리를 내리고 납작 엎드려 붙어있는
측백나무와 소나무와 진달래와 철쭉과 만병초

봉우리 아래서 발원한 물은 서남향으로 흘러
여러 계곡에서 내려오는 물줄기와 만나
만폭동이 되고

영원동에서 굽이쳐 오는 물과 만나
장안사 앞을 거쳐
산을 벗고 들을 건너 서해로 간다고 한다

비로봉 정상, 솜다리와 곰취와 각시꽃 길로 오른

금강산에서 가장 높은
자연 전망대이자
일만 이천 봉을 거느린 금강산 주봉인 비로봉

비로봉에서 뻗은 장쾌한 지맥은
부드럽고 유장한 내금강과 장대한 외금강
아름다운 해금강을 뿌리로 내리고 있다

비로봉 아래 남쪽에는 비로암이 있고
거기서 내려가면 원적암이 있고
더 내려가면 묘길상이 있다는데

단종 복위를 꾀하다가 실패하고
세조에게 죽임을 당한 성삼문은
시조「봉래산가」를 남겼다

"이 몸이 죽고 죽어 무엇이 될 고하니
봉래산 제일봉에 낙락장송 되었다가
백설이 만건곤할 제 독야청청하리라"

솜다리와 곰취와 각시꽃 길로 오른 비로봉 정상에는
배처럼 생긴 배바위가 있어
바닷가에 나간 어부들이 등대를 삼았다 하고

송강 정철은
「관동별곡」에서
비로봉을 이렇게 썼다

"비로봉 꼭대기에 올라본 이 그 누구인가
동산과 태산이 어느 것이 높았던 고
노나라 좁은 줄도 우리는 모르거든
넓고도 넓은 천하 어찌하여 좁단 말고
아, 저 경계를 어찌하면 알 것인고
오로지 못하거든 내려감이 이상하다"

일제강점기에 비로봉에 오른 사람들은
내금강 쪽 바로 아래 산장이 있어
여기서 하루를 묵었다고 한다

수미탑, 자연이 돌로 세운

당나라 유학을 가다
해골에 고인 물을 먹고 깨우쳐
유학을 포기하고 한국 철학의 문을 연 원효

원효가 창건했다는
수미암터와 수미골이 끝나는 곳에
자연이 돌로 세운 수미탑이 있다

수미암 옛 주소는
강원도 회양군 내금강면 장연리
표훈사에 딸린 암자

꿈틀거리는 거대한 벌레 같기도 하고
장닭 같기도 하고
옥돌로 빚은 첨성대 같기도 한

금강산에서
가장 크고 아름답다는
자연 석탑

메주 덩어리나
벽돌을 쌓아 올린 듯
이백 척 높이

수미탑 주변에는
월명수좌콩밭등 능선과
문답석이 있고

문답석은 두 스님이 법문을 주고받다
법당 밖에 나와서도 끝이 나지 않자
바위로 굳어버렸다는 전설

구성동, 유성이 묻힌 곳

월북을 했다는 이유로
정치권력이 못 읽게 해서
젊어서 몰래 구해서 읽었던 정지용 시「구성동」

"골짝에는 흔히
유성이 묻힌다.

황혼에
누뤼가 소란히 싸이기도 하고,

꽃도
귀향 사는 곳,

절터 ㅅ드랬는데
바람도 모이지 않고

산 그림자 설핏하면
사슴이 일어나 등을 넘어간다."

북한강 지류인 금강천이 발원하는
구성동 계곡

고요하고 적막한 골짜기

정지용이 여행을 와서
시를 썼던 구성동은
하구성동 상구성동 진부골이 있다 하고

바위보다 두터운 흙산이어서
초목이 무성하고
동물과 식물이 다양하다

비로봉에서 온정령까지
삼십 리 백두대간에
수원을 두고 있는

폭포와 연못이 많아
계곡미가 뛰어난
폭포의 천국이라 불리는 구성동

옛날에는 금강산 북릉 북쪽 지역에
중석광산과 수은광산이 있어
사람들이 붐볐다고 한다

진부골, 숲 짙고 그늘 무성한

김부골이라고도 부른다는 진부골
십 리 반 흘러내리는 물은
많은 폭포와 담소를 만들고

용이 산다는 용소와
일룡폭포를 만들고
와룡폭포와 용포담을 만든다고 한다

등룡계곡 물을 합한 뒤에는
물을 가두는 구일담이라고 부르는
가막소와 가막소 아래 검정소

물이 깊은 소들은 잣나무와 전나무와 거제수나무로
주변 숲이 짙고
그늘이 무성해 물빛이 검어 보인다

멀지 않은 곳
영랑봉과 능허봉 중간에 펼쳐진 고원
월명수좌콩밭등이 있고

옛날 신선이 콩 농사를 지었다는
이 고산지대는 민박쥐나물과 병풍쌈과 솜다래
이런 화초가 무성한 전망대다

제3부 외금강

해설원의 말

“비로봉 동쪽이 외금강입니다. 금강산에서 손꼽히는 계곡과 폭포들이 많이 있지요. 이곳은 지역의 특성과 탐승경로에 따라 열한 개 구역으로 나누는데, 만물상구역과 구룡연구역과 수정봉구역이 아름답습니다. 선하구역도 아름답지요. 한하계, 만물상, 신계사, 옥류동, 구룡연, 상팔담, 12폭포, 구룡소 등 명소가 많습니다. 외금강에서 내금강으로 넘어가는 경계가 온정령입니다.”

온정리, 금강산 탐승 중심지

관음봉과 수정봉 능선이
병풍처럼 감싸고 있는 산간 마을
금강산특구 온정리 관광 휴게소

온정각 맞은편
화강암으로 만든 추모비 앞에 서서
고 정몽헌과 분단을 생각해 본다

국문학을 전공하고 문학가가 꿈이었다는
겸손한 평화주의자이자
금강산 관광 문을 연 사람

민족 화해와 남북 공동 경제 번영을 실천하다
역사의 비밀을 안고
먼저 간 분단 정치의 희생자

해설원은 이곳 온정리에서
삼일포나 만물상까지 삼십 리
구룡폭포까지 이십오 리가 되고

내금강 휴양소까지 일백 리
원산까지는 이백칠십 리여서
금강산 탐승 중심지라고 한다

이금강 탐승을 시작하는 들머리인 이곳
호텔과 여관과 휴양소
들쭉술과 산삼과 기념품을 팔고 있다

마을 중심에는
계곡에서 흘러내리는 물과 온천수가 모여
신계천과 만나 동해로 가는 온정천이 있고

물길을 거슬러 올라가면
상등봉과 온정령과 오봉산을 연결하는
백두대간에 이른다고 한다

물이 맑은 개울 바닥은
둥글고 하얀 돌들이 얼굴을 맞댄 듯 다정하고
풀과 나무들은 무성하다

여기저기 푸른 둠벙과
개울 기슭의 소나무와 잣나무
또 이름을 알 수 없는 잡목들

여기서 서북쪽은 백여섯 굽이를 돌아
온정고개와 온정령굴을 지나 내금강 표훈사 가는 길
북쪽은 장전항 가는 길이라고 하고

남쪽은 술기넘이고개 거쳐 구룡연 가는 길
동쪽은 삼일포와 해금강과
유점사 가는 길이 있다고 한다

금강산온천, 바위 사이에서 흘러나오는

수정봉과 바리봉과 대자봉 기슭
비둘기바위와 자라바위를 지나
삼단계절폭포와 계절폭포를 뛰어 내려온 개울

뮤주담에 고여있다 내려온 온정천
온정천과 만나는 혁명사적관 앞
문필봉과 하관음봉 사이

신계사로 넘어가는 원호고개 입구
금강산온천은
바위 사이에서 흘러나오는 석간수라고 한다

무색무취 비누가 잘 풀린다는
백두대간 바위와
바위틈에서 나와 모인다는 석간수

조선 초기에는 온정리 옛 지명이
양진養珍이었다는
그래서 양진온천으로 알려졌다는 금강산온천

이곳에 석간수 약수터가
관음연봉과 수정봉 자락에
별이 흩어진 듯 많다고 한다

아름다운 금모래우물
인삼과 사슴뿔 효과를 본다는 삼록수
금빛 이슬을 비춘다는 금로수

그리고 장군이 마셨다는 장군수와
금강산의 이름을 딴 금강수
용바위에서 흘러나온다는 용암수

온정리 금강수
수정같이 맑은 수정수
약수마다 이름들이 붙었다고 한다

세조가 이곳 온천에서 휴양하였다는
신경통 심장병 고혈압 관절염
척수질환에 좋다는 해설원의 말

나는 세조가 북한강 물길로
궁궐에 돌아가던 중
안개 속에서 종소리가 들려 찾아가 봤더니

석간수에서 떨어지는 물이
종소리를 내어 수종사라고 이름을 지었다는
풍광이 아름다운 남양주의 절을 떠올렸다

수종사를 드나들며 시를 썼던
조선인이니 조선시를 쓴다고 했던
민족의 문호 다산과

남녘 끝자락에서
스승인 다산을 뵈러 왔던
초의선사를 떠올려본다

추사의 후원으로 제자를 데리고
양평 철원 김화 회양을 거쳐
금강산에 온 초의는「유금강산시」를 남겼다

"첩첩히 산이요 굽이굽이 물길이다
첩첩한 산굽이 흐르는 물
활처럼 휜 하늘을 가릴 듯
안개이슬 구름으로 옷 만들고
서리 맞은 꽃잎으로 식량을 대신하리"*

* 《현대불교》(2013. 1. 13).

매바위, 경치에 반해 두리번거리는

금강산온천에서 뒤돌아
온정교 쪽을 바라보면
양진리 삼거리 못미처 좌우에 보이는 바위산

두 산 사이로 흐르는 물길 온정천과
고성 읍내에서 온정으로 들어오는
길이 나란히 나있다

왼쪽 매바위산 산마루에는
매와 고양이와 새와 자라와 물개
이런 짐승 모양을 닮은 바위들이 있어

차라리 동물 농장을 이루고 있는데
예로부터 유명한 것이
사나운 날짐승 이름을 딴 매바위다

날아가던 매가
금강산 황홀한 절경에 반해
방금 산봉우리에 앉아 두리번거리는 모습

매바위 전설, 지주를 혼낸 도사와 매

해설원은 욕심 많은 지주를 혼내 준
금강산 도사와
매에 관한 전설을 들려준다

금강산에 도사가 살았는데
짐승들을 부리는
신통력을 가지고 있었다고 한다

이곳 지역에 욕심이 사나운
땅을 많이 가지고 있으면서
늘 땅을 빼앗을 궁리를 하고

땅을 밟고 지나가는 마을 사람이나
지나가는 소와 염소 주인에게도
돈을 받는 지주

도사는 마을 사람들을 더욱 가난하게 만든
지주를 골탕 먹여
백성들의 원한을 풀어주었는데

도사가 기르던 사냥 잘하는 신통한 매를
지주가 토지 문서와 바꾸자고 하자
바로 매와 토지 문서를 바꾸었는데

토지 문서가 지주의 손에서 떠나자마자
매가 산봉우리로 날아가
쓸모없는 바위로 변하였다는 것이다

지주는 토지 문서를 빼앗겼으니
빈털터리가 된 것
분하고 속상해 시름시름 앓다가 죽었다*

해설원은
북한의 점령지였던 이곳은
1946년 3월 5일 토지개혁을 단행했는데

소작을 주는 지주의 토지를 몰수하고
소작 제도를 영원히 폐지한다는 것을 법으로 정하여
농지 개혁을 단행하였다고 한다.**

* 「욕심쟁이 부자를 혼내 준 사냥꾼」(『얘들아, 금강산 가자』) 재구성.
** 『고성군지』 참조.

달걀바위, 굴러떨어질 듯 둥근

매바위 아래는
온정리 고구려 옛 성이 있고
그 너머에도 옛 성곽이 있다는 해설원의 말

매바위 기슭 온정여관 길 건너
매바위와 마주하고 있는
매바위 남쪽 달걀바위산

작은 너럭바위에 달걀을 닮은 둥그런 바위는
조금만 밀어도
동쪽 바위산 아래로 굴러떨어질 듯

장군수에서 약수를 먹고 힘을 기른 장수가
달걀을 먹으려고 기어오르던 뱀을
칼로 쳐서 토막 내 죽였다는 전설

달걀바위 앞에는
몸통이 잘린 뱀 모양을 한
기다란 바위가 있다

문주담, 곰이 뛰어내리다 바위가 된

관음연봉 줄기 관음폭포 오른쪽
중관음봉 낮은 중턱
동쪽을 향해 서있는 관음부처바위

폭포에서 급히 뛰어내린 물이
아침저녁 찬 안개가 낀다는 한하계곡에 흘러들어
문주담에 담기고

중관음봉을 넘던 곰
문주담 물이 맑아 뛰어내리다
곰바위가 되었다는 해설원의 말

옛날 늙은 곰 한 마리
겨울잠을 자고 일어나
배가 고파 먹이를 찾아다녔는데

중관음봉을 넘다가 산 아래를 보니
문주담 맑은 물 아래 담긴 동글동글한 조약돌들이
도토리로 보였다고 한다

곰은 도토리를 향해 뛰어내렸지만
힘이 없어
문주담까지 닿지 못하고

그만 중관음봉 산허리에 떨어져
발이 바위틈에 빠지는 바람에
움직이지 못하고 바위가 되었다고 한다*

원래 나무꾼과 선녀 전설 속 팔선녀가 목욕했던 곳
홍수로 문주담이 메워지자
팔선녀들은 상팔담으로 가서 목욕을 했다고 한다

* 「도토리를 먹지 못한 곰」(『금강산 이야기』) 재구성.

육화암, 달빛에 눈꽃처럼 빛나는

혁명사적관 앞을
왼쪽으로 관음연봉을 바라보며
관음폭포 옆 곰바위 지나 문주담으로

문주담에서 물에 비친
맑은 하늘을 배경으로 하고 있는
중관음봉 그림자를 한참 바라보다 고개 들면

바위를 둘러싼 바위 절벽이 달빛을 받아
흰 눈처럼 빛난다는
눈꽃바위라고 부르는 육화암

육화암은
달밤 이곳에 오른
양사언이 이름을 짓고 바위에 글자를 새겼는데

육화암에서
범바위 동자바위 촛대바위 지나
천선계곡이 만상계곡과 합하는 곳

만상정에 오르면 온정령
온정리에서 여기까지 삼십 리
백팔 구비를 돌아돌아 올라야 하는 곳

이 고개를 넘으면
옛날 중석 광산촌으로 흥청거렸다는 금강군 신풍리
내금강 구성동이라는데

해설원은 1950년 이 험하고 가파른 고개를
자동차 통행이 가능한 군용도로로 확장
이름을 영웅고개라 붙였다고 한다

만물상, 금강산 제일 승경

나이 수백 살 미인송들이
잔가지 없이 죽죽 뻗고 줄지어 선
잣나무와 단풍나무와 산벚나무 숲길 따라 올라가다

상등봉에서 흘러내린 상관음봉과
관음연봉을 등 뒤로하고 바라보면
금강산 제일 승경 만물상이 보인다

기둥 모양 세로금이 가거나 깨진
주상절리를 이뤄 세상에 만 가지 물체를 닮은
화강암 바위들이 만물상을 만들어놓았다

삼선암과 삼선암 뒤에 귀면암
귀면암 뒤에는 2004년 맨발로 올랐던 천선대
천선대 뒤에는 오봉산이 우뚝하다

천선대에서 한참 쉬다 오봉산에서 흘러내린
천선대 아래
천선계곡을 따라서 내려오면

하늘문이 있고
하늘문 아래는 안심대
안심대 위로는 세자봉이 솟아있다

온정령 아래
만상정으로 내려가면
옛날부터 차와 음료수를 팔았다는

매점이 있는 전망대 겸 휴게소
옆에는 수정같이 맑은 샘물 만상천이 있고
이 물을 마시면 무병장수한다고 한다

보기 나름 이름 붙이기 나름인 만물상을 보러 가려면
만상정 사거리에서
천선계곡으로 들어가야 한다

삼선암, 신선이 내려오는 듯

만산정 뒤 작은 길을 따라 오르면
제법 넓은 마당
마당에 나서면

깎아서 세운
봉우리 세 개가 하늘을 뚫을 듯
나란히 서있다

바로
만물상의 첫 번째 승경인
삼선암

구름이 덮고 흘러갈 때
마치 하늘에서 신선이 내려오는 것 같아
삼선암이라 부르게 되었다고 한다

흙 한 줌 허락하지 않을 것 같은
바위 벼랑과 꼭대기에
나무들이 붙어있다

맞은편 개울 건너 독선암은
옛날 네 신선이
금강산에 내려와 장기를 두었는데

그중 한 신선이
너무 많이 잔소리하며 훈수를 두다 미움받아
혼자 떨어지게 되었다고 한다

삼선암 월명수좌, 동네 노인들 홀리다

금강산에 봄이 오면
풍년 들고 나쁜 병이 돌지 않게 해달라
산신령님께 제사 지냈는데

어느 해 온정골 마을 제사에
예쁘고 음식 솜씨 좋은 처녀 하나 찾아와
제사를 도왔다

처녀는 자신이
삼선암 사는 월명수좌라 밝히고
노인들을 삼선암으로 초대

동네 노인들은
신나게 삼선암에 오르니
동생 둘과 같이 기다리고 있는 처녀

세 처녀들은
노인들에게
맛있는 술과 음식을 대접했는데

세상의 술과 음식이 아닌 듯 맛있고
산 위에 구름은 양털처럼 희고
바람은 새털처럼 부드러웠다

연못에는 연꽃
마당에는 사슴
풀과 나무들은 향기가 솔솔

노인들 사흘째 되는 날
집에서 궁금해 하고 걱정할까 봐
마을로 돌아왔는데

마을은 온데간데없고
흙더미와 돌멩이가 뒹굴고
잡목 잡초가 자라있었다

옛날 숲이 있던 곳에
새로 생긴 마을이 있어 찾아가
노인들이 살던 마을이 어찌 됐나 물으니

동네에서 가장 나이가 많다는
백 살 먹은 노인이 나와 말하길
"이 마을이 생긴 지 백 년이 넘었다오.

나도 우리 할아버지한테 들었는데
옛날 마을 노인 몇
처녀를 만나러 삼선암으로 떠났는데

아무리 기다려도 돌아오지 않아
삼선암 구석구석 찾다가 못 찾아
마을을 이곳으로 옮기게 되었다오."

노인들 탄식하며 말하길
"삼선암에 삼 일 다녀왔는데
삼백 년이 흘렀구나."*

* 「천녀의 초대를 받은 할아버지들」(『얘들아, 금강산 가자』) 재구성.

귀면암, 험상궂은 바위 얼굴

삼선암 지나면 만물상 초병인 듯
층층 절벽에 둘러싸인 봉우리 위에 얹힌
험상궂은 바위 얼굴 한 덩이

볼이 움푹 파인 얼굴에
햇살이 그림자를 만들어
얼굴이 볼수록 괴기한 귀신 같다

바위틈에 뿌리박고 사는 소나무는
흰 눈 이고 있던
금강산콘도에서 봤던 귀면암 겨울 사진 속 나무

귀면암 겨울 사진은
흰 옷을 입은 귀신인 듯
흰 눈이 바위 층층 쌓여 있었다

귀면암을 보고 내려와
계곡을 따라 오르면
천선대에서 흘러 내려오는 물을 만나고

계곡물들은 천선대에서 흘러내린다 하여
천선계곡이라 하는데
온정천 최상류

오른쪽으로 보이는 세지봉 줄기에는
곰과 독수리와 짐승들 모양 바위가 둘러서 있어
봉우리가 짐승들을 거두는 듯하다

칠층암, 바위들이 포개어 쌓은

조선의 화가 김응환은
만물상 바위들을
만물초萬物草라 이름을 붙여 그렸다

만물초는
만 가지 물상을 한 풀이 아니라
만물의 초안草案이라는 말

만물 시초의 모습이며
만물 창조의 표본이란 뜻이라고
해설원은 말한다

바위들이 포개어 칠층탑을 쌓아
칠층암이라 이름이 붙은
백 척 바위

바위에는
작은 바위와 소나무가
사람이 앉아있는 듯

창끝 같기도 하고 풀잎 같기도 한
화강암 바위와 나무들이 둘러싸고 있어
하늘이 좁아 보인다*

* 『금강산은 부른다』, 63쪽 참조.

절부암, 힘센 총각이 도끼로 찍은

칠층암에서
위쪽으로 이백 보쯤 올라가면 보이는
천녀봉 절부암

시골 헛간에서 말라터진
오래 묵은 나무를
도끼로 찍어놓은 모양의 바위가 서있다

옛날 금강산에 사는
힘이 센 총각이 있었는데
산등성이에서 놀고 있는 선녀에게 반했다고 한다

애를 끓이던 총각
선녀에게 청혼했지만
선녀는 하늘로 올라갔고

총각은 아쉽기도 하고 화가 나서
분풀이로
바위 중턱을 도끼로 내려찍었다고 한다*

* 『금강산은 부른다』, 63쪽 참조.

만장천, 마시면 지팡이를 잊어버리는

급한 오르막이 말안장처럼 생겼다는
안자목과
안자자목의 정점 안심대

안심대에서 조금 더 올라가면
갈림길
오른쪽은 세지봉과 망양대 가는 길

후들거리는 다리 떨리는 손
난간을 붙잡고
왼쪽 비탈을 오르면

깎아지른 바위 절벽 틈에서
졸졸졸 떨어지는 샘물
망장천이 흘러나온다

망장천 샘물을 마시면
지팡이 짚고 이곳까지 왔던 사람도
지팡이를 잊어버리고 내려간다는 해설원의 말

먼 옛날 금강산 골짜기에
젊어서부터 평생 약초를 캐다 팔아서 사는
일흔이 넘은 부부가 살았는데

늙고 힘이 없어져
지팡이 짚고 겨우겨우 계곡을 다니며
근근이 약초 캐서 살림을 꾸렸다고 한다

어느 날 할아버지가
약초를 캔 뒤 목이 말라 옹달샘 물을 마셨는데
생전 처음 먹어보는 시원하고 단맛

마음껏 마시고
옹달샘 옆 바위에 기대어있다가
잠이 들었는데

일어나 보니
허리가 죽 펴지고
젊었을 때처럼 몸에 힘이 펄펄 솟아

천선대는 뒷동산 언덕
오봉산은 병풍
금강산 계곡은 꽃방석 정도로 보였는데

할아버지는 지팡이를 잊어버리고
약초만 한 짐 지고
밤이 깊어서야 집으로 돌아왔는데

할아버지 기척에
방문을 열어주던 할머니는 깜짝 놀랐다
문 앞에 웬 총각이 서있었기 때문

할아버지는 자초지종을 얘기했고
할머니는 다음 날 산으로 올라갔는데
해 질 무렵이 되어도 돌아오질 않았다

걱정되어 할머니를 찾아 나선 할아버지
어둑해진 샘물가에는
할머니는 없고 젊은 처녀가 앉아있었다

할아버지가 물었다
"처녀, 혹시 이곳에 왔던 할멈 하나 못 봤소?"
처녀 왈 "영감, 나요."*

* 「지팡이를 잊어버리게 한 샘물」(『얘들아, 금강산 가자』)을 재구성.

천선대, 선녀들이 노는 곳

봉우리를 이루는 기암괴석과
바위틈으로 뿌리를 박고 자라는
소나무와 단풍나무와 진달래와 신갈나무

해설원은 천선대를 가려면
만상정 사거리에서 오 리쯤
한 시간 험로를 걸어야 닿는다고 한다

만물상 중앙 바위 네 개가
죽순 모양인 천선대
수백 길 벼랑 위에 서있다

벼랑 위에는 열 명은 둘러앉을 수 있다는
자리가 있다는데
하늘에서 내려온 선녀들이 놀았다는 곳

네 개 기둥 중
맨 앞 기둥에는
천선대天仙臺라 새겨놓았고

서북쪽 중턱 천연 돌확에는
천녀화장호天女化粧壺
천녀세두분天女洗頭盆이라 새긴 글씨

천녀들이 내려와 돌확에 고인 물로
머리를 감고
화장을 했다고 한다

해설원과 끌며 밀며 천선대에 오르니
사방이 확 트여
만물상 전체가 눈앞에 드러난다

오봉산에서 서북을 향해
선창산으로 뻗어간
백두대간 줄기

저 아래 금강군의 크고 작은 마을들과
북서쪽으로는 북한강 지류들이
마을과 마을 사이에 하얀 강을 만들었다

남쪽으로는 집선봉 채하봉 세존봉
세지봉 쪽에는 해금강과 천불동을 본다는 망양대
이런 금강산의 커다란 봉오리들

가까이에 온정 골짜기와
관음연봉 상등봉 삼선암 귀면암
바위 숲 잡목 숲이 울창한 온정령이 보인다

만물상 진면목을 바라볼 수 있어서
천선대에서 바라보는 만물상을
진만물상 또는 신만물상이라 부른다고 한다

천선대 벼랑, 천녀화와 천녀화장호가 있는

하늘에 사는 선녀들이 내려와 놀았다는
천선대 서북쪽 벼랑에
돌절구 모양 천연 돌확 천녀화장호

온정리에 효성이 지극하고
마음씨가 비단같이 고운 처녀
비단이가 살았다

어느 해 큰 가뭄이 들어
마을 사람들이
굶게 되었는데

굶어서 병이 난 마을 사람들과
부모님이 걱정되어
잠을 못 이루던 비단이

어느 날 비단이 꿈에
흰 수염 할아버지가 나타나
천선대 꼭대기로 가라고 했다

거기에 가면
굶어서 병든 부모님을 고쳐드릴
빨간 천녀화가 피어있을 거라고 했다

꿈에서 깬 비단이
멀리 구름 위에 솟아있는
친신대 꼭대기에 올랐고

워낙 험한 길이어서
비단이는 길을 잃었는데
순한 호랑이가 나타나 길 안내를 했다

호랑이를 따라
천녀봉까지 간 비단이
가파른 절벽을 어떻게 오를지 걱정하는데

고운 파랑새가 나타나
아름다운 노래를 부르며
까마득한 절벽 길을 안내했다

천선대 중턱까지 오른 비단이
숨을 몰아쉬는 순간
높은 벼랑에서 굴러떨어졌는데

눈을 떠보니
아침에 둥근 해가 떠서
봉우리들을 금빛으로 물들이고 있었다

그때 하늘 한쪽에 무지개가 뜨더니
노랫소리와 함께
하늘에서 내려오는 선녀들

선녀들은 바위에 떨어져
상처 입은 비단이를 안고 날아올라
화장호 맑은 물가에 눕히고

비단이 얼굴을
깨끗하게 닦아주었더니
비단이 얼굴이 선녀처럼 아름다웠다

비단이가 천선대에 올라온 까닭을 듣고
선녀들 슬퍼하고 눈물 흘리며
꽃 한 송이를 주면서 말했다

“이 꽃은 백 년에 한 번 피는 하늘나라 꽃
아가씨의 고운 마음에 감동해서
잠시 빌려주는 것입니다.”

선녀들은 이 꽃을
아픈 동네 사람들과 부모님에게
향기를 맡게 하여 금방 낫게 한 다음

내일 아침 비가 내리고
온정천 하늘에 무지개가 뜨면
꽃을 무지개를 향해 던져달라고 했다

마을로 돌아온 비단이
까만 하늘에 별이 뜨는 밤까지
마을 사람들 찾아다니며 낫게 해주었다

맨 나중에 부모님 병을 고쳤고
아침이 되자
하늘에 먹구름 끼고 비가 내렸다

사람들은 비가 반가워 빗속에서 춤을 췄고
땅이 흠뻑 젖자
온정천에 아름다운 무지개가 떴다*

* 「하늘 꽃을 딴 소녀」(『애들아, 금강산 가자』) 재구성.

호랑이바위, 바위에 놀라 죽은 부자

마을 땅을 독차지한 엄 부자
땅 빌려준 뒤
터무니없는 땅세 받아

마을 사람들 굶주림으로 쓰러지고
병들었지만
엄 부자네만 굶지 않았다

비단이가 천상화 갖고 다니면서
마을 사람들 병 고치고
비 내리게 한다는 소문 들은 엄 부자

힘센 머슴들 여럿 데리고
비단이 집에 나타나
꽃을 내놓으라고 협박했다

천사들이 가르쳐준 대로
얼른 무지개를 향해
꽃을 던진 비단이

천녀화는
무지개를 타고
하늘로 사라졌는데

눈앞에 귀한 꽃 놓친 엄 부자
속이 상해 씩씩거리며
가마 타고 천선대에 올랐다

가마 앞에 나타난 호랑이
금방이라도 잡아먹을 것처럼
입을 벌리자

엄 부자는 놀라 쓰러져 죽었는데
사실은 호랑이가 아니고
육화암 맞은편 호랑이바위이었던 것

호랑이가 어느 달밤
달빛 받아 눈꽃처럼 아름다운
육화암을 보다가

아름다움에 빠져
굳어서
바위로 변한 것이라는데

욕심 많은 엄 부자 눈에는
바위가
호랑이로 보였던 것이다

엄 부자 죽자
마을 사람들 빼앗겼던 땅을 되찾아
오래오래 농사지으며 살았다고 한다*

* 앞의 글 재구성.

망아지바위, 글 읽는 소리에 취한

"산 산 금강산!
천하명승 금강산!
금수강산 내 나라!"

해설원은
세지봉 줄기 중턱에 어린 삼 형제
밤늦도록 촛불 켜놓고 공부했다고 한다

삼 형제 글 읽는 소리가 낭낭해서
금강산에 사는 짐승들이 몰려와
문 앞에 와서 듣고 갔다는데

어느 날은 산양과 사슴이
어느 날은 다람쥐와 올빼미
어느 날은 부엉이가 와서 듣고 갔다고 한다

이런 소문을 들은 어미 말
어느 날
새끼 말을 데리고 와서는

삼 형제가 글 읽는 소리를 들려주며
"너도 저렇게
열심히 글을 읽어야 출세할 수 있단다."

어미 말과 새끼 말은
글 읽는 낭낭한 소리가 너무 좋아
자리를 떠나지 못하고 가만히 서있었는데

글 읽던 삼 형제는 동자바위
어미 말은 말바위
새끼 말은 망아지바위로 점점 굳었다고 한다*

* 「삼 형제와 망아지」(『금강산 이야기』) 재구성.

수정봉, 극락을 이루듯 황홀한

온정리 서북쪽에 솟은 바위산
세지봉에서 흘러내린
수정봉

옛날에는 수정봉 바위 전체가
햇빛에 반사되어
극락을 이루듯 황홀했었다는데

지금은
풀과 이끼가 가려
빛을 볼 수 없다고 한다

수정석과 화강암이 섞여 있는 수정봉에는
무색투명한 수정과
자수정 연수정이 나온다고 하고

수정골에는 누운계절폭포와
삼단계절폭포
우기에만 나타나는 계절폭포가 있다는데

유리 광택이 나는 반딧돌과 녹주석
황옥과 전기석과 수정과 보석들이
산길이나 개울에서 뒹굴 것만 같은데

바위가 만든 바위 사이로 난
금강산에서 가장 크다는
수정문을 거쳐 전망대에 오르면

동해와 금강산이 아름답고
남쪽에서 서쪽으로 눈을 돌리면
한눈에 보이는 관음연봉

그 뒤로는 옥녀봉 비로봉 장군봉
푸르스름한 기운이 도는 이내가 아름다운 채하봉과
세존봉 집선봉이 보인다

뒤로 돌아서면
오봉산 선창산 천불산과
이름을 알 수 없는 봉우리들과 골짜기들

멀리 보이는
곡선이 활처럼 휜 아름다운 장전항
옛날에는 관광도시여서 여관이 많았다고 한다

바리봉, 스님 밥그릇 닮은

수정봉 동쪽
스님들 식기인 바리를 엎어놓은 것 같은
바리봉은 거대한 한 개 바위산이다

바리봉 오르는 길에
입구가 좁은
자연굴

굴 안에는 옹달샘이 있는데
해설원은
금강수라고 부른다고 한다

바리봉 정상에는 세찬 바람 불어
금강산 일대에서
가장 센 강풍이라는데

이 고을 사람들은
옛날부터 이 바람을
금강내기라고 부른다고 한다

구룡연계곡, 폭포와 연못이 어우러진

구룡폭포와 구룡연 가는 계곡에는
내금강 만폭동과 같이
폭포와 연못이 아주 많다 하고

구룡연 가는 길은
험준한 바위산으로 둘러싸여
상팔담과 봉황이 날아가는 듯 비봉폭포

구슬발을 드리운 듯 주렴폭포와
봉황이 춤추는 듯 무봉폭포
두 개 구슬을 꿰어놓은 듯 연주담이 있고

구슬방울이 굴러가는 듯 옥류담은
금강산에서 가장 크고
가장 맑다고 한다

지도를 보니
아래 골짜기서부터 신계동 옥류동
구룡동으로 거슬러 올라가는 길

수정처럼 맑은 물이 흐르는
계곡을 끼고 난 절로 가는 길을 걸으며
김병연은 이런 시를 썼다

"푸른 길 구름 속으로 들어가니
누각마다 시인의 걸음을 멈추게 한다
날아 내리는 폭포는 용의 조화
하늘 높이 솟은 봉우리는 칼로 깎은 듯
나무 위 선학은 몇천 년 묵은 듯하고
물가 푸른 소나무는 삼백길이나 되겠다
절간 스님은 봄병 든 내 마음 알길 없어
무심히 한낮에 종을 쳐 놀라게 한다"*

* 『김삿갓 금강산 방랑기』 참조.

신계사, 닭이 울었다는 절

신계천 하류 옛날에 큰 마을이 있었다는
신계동 입구에 들어서니
아름드리 소나무 숲 창터솔밭 풍치가 수려하다

솔밭을 지나면 오른쪽으로 넓은 골에
신라 법흥왕 때 창건했다는
신계사와 부도밭

옛날 한 스님이
새벽마다 목욕을 하고
하루도 빠지지 않고 예불을 올렸는데

감동받은 부처님이
혹시 스님이 새벽에 못 일어날까 봐
절 남쪽 벼랑에서 닭 울음소리를 내게 했다는

그래서 신계사가 되었다는
민족의 마음에 상처를 남긴
민중을 볶아대던 민족상잔 때 모두 불탔던 절

2004년 여름 내가 왔을 때
만세루 돌기둥 네 개와 돌계단을 오르면
삼층 석탑만 남아있던 폐허였는데

임진왜란 당시
서산대사 사명대사 처영대사가
승병을 모으고 훈련했던 절

수많은 고승을 배출한
이 절은 근래
효봉이 출가하여 수도를 했다고 한다

왜정 때 판사질을 하면서
사형수 판결에 회의를 느껴 판사질을 그만두고
엿장수로 떠돌았다는 38세 효봉

신계사 보문암에 석두라는
이름 높은 중이 있는 걸 알고 찾아가
석두에게 절을 올렸더니

석두가 “어떻게 여길 왔느냐?” 묻고
효봉은 방 한 바퀴를 돈 다음
“이렇게 왔습니다”라고 대답했다는 곳

효봉은
법정과 환속한 시인 고은을 제자로 두었고
법정은 당대 문장으로 불교를 알리고

고은은
2007년 중건한 절의 낙성식에 참석한
인연이 있는 절

옥류동, 구슬같이 맑은 계곡물

금강문 금문교를 지나면
금강산 최고 비경이라는 옥류동
구슬같이 맑은 계곡물이 흘러내리고

채하봉 장군성 비루봉 옥녀봉으로 이어지는
금강산 동쪽 비탈에서 흘러내리는 물이
모인다는 옥류동

물이 너무 맑아 어린아이처럼 맨발을 담가보았던
마흔다섯 살의 내가 생각나고
정지용 시 「옥류동」 구절이 생각난다

"골에 하늘이
따로 트이고

폭포 소리 하잔히
봄우뢰를 울다.

날가지 겹겹이
모란 꽃잎 포기이는 듯.

자위 돌아 사폿 질 듯
위태로이 솟은 봉오리들.”

수정을 쏟아부은 듯 옥류담은
금강산에서 가장 큰 담소라는데
깊고 푸르다

옥류담 위에는 옥류폭포가 있고
폭포에서 흰 바위 위로 휘어져
흘러내리는 물은 비단결처럼 곱고

폭포 주변에는 우거진 잡목
여름에는 녹음이 짙고
가을에는 단풍이 붉다고 한다

정인보는 옥류동에 와서
어여쁘고 맑은 물과
숲과 나무를 보고 시조를 썼다

“단풍 숲 터진 새로 누워 넘는 어여쁜 물

저절로 어린 무늬 겹친 사紗와 어떠하니
고요한 이 산골 속이 더 깊은 듯 하더라”

옥류폭포 위에는 선녀가 실수로 흘린
파란 구슬 두 개를 꿰어놓은 듯
작은 소 두 개

연주담 위에는 연주폭포가 있고
물색이 맑고 개울 바닥과
숲이 잘 어울린다

그 위에는 또
거대한 바위벽을 타고 흘러내리는
비봉폭포가 있어

돌개바람 불면 물이 흩날리고
물안개로 변하여
봉황이 꼬리 흔들며 날아가는 것과 같다는 곳

비봉폭포 따라 올라가며

봉황 토끼 책 읽는 사람 모양 바위
기암괴석에 눈을 주다 보면 무봉폭포가 나타나고

폭포 위로 가면
하늘에 핀 꽃송이 천화대와 열매바위와 부부바위가
봉우리 기슭에 둥지를 틀고 있다

이런 절경에 취한
조선의 김병연은
「옥류동」을 시로 남겼다

"폭포수는 은절구통같이 봄 절벽을 찧고
구름은 옥으로 만든 자로 청산을 잰다
달빛은 희고 눈빛도 희며 천지가 모두 희고
산도 깊고 물도 깊고 나그네 근심 또한 깊구나"*

* 『김삿갓 금강산 방랑기』 참조.

도라지 타령, 옥류동에서 처음 부른

금강산에는 머루와 다래
산앵두와 산딸기
이런 식물들과 동물들과 이야기가 많다

거기다 경치가 좋아
노래가 많은 금강산
해설원은 민요 「도라지 타령」을 불러준다

"도라지 도라지 도라지
강원도 금강산에 백도라지
한두 뿌리만 캐어도
대바구니에 스리슬슬 다 넘누나
에헤요 에헤요 에헤요
어라야 난다 지화자자 좋네
네가 내 간장을 스리살살 다 녹인다"

금강산에서 남쪽 수백 리 떨어진
어느 마을에
신혼부부가 살고 있었다고 한다

어느 날 산에 나무하러 간 남편이
벼랑에서 굴러 다친 뒤
자리에 누워 앓기만 했는데

걱정만 하고 있던 부인에게
동네 할아버지가 찾아와
백도라지를 먹어야 낫는다고 했다

남편 치료할 방법을 찾던 부인
대바구니 들고
태백산 약초 할아버지를 찾아갔는데

부인의 이야기를 들은 할아버지
백도라지를 캐려면
금강산 옥류동 골짜기로 가야 한다고 했다

부인은 사흘 낮 사흘 밤을 걸어
금강산 옥류동 골짜기에 도착
백도라지를 찾아 헤맸다

어느 골짜기에서 만난 하얀 꽃
무리로 피어 한들한들 손짓하는 듯 웃는 듯
백도라지 꽃밭

백도라지 한 뿌리 캐어
대바구니에 담았는데
오래 묵은 도라지가 바구니에 가득 찼다

부인은 흥에 겨워 노래를 지어 부르며
대바구니 안고
구룡연 계곡을 단숨에 내려왔고

금강산 백도라지를 먹은 남편
거짓말같이 병이 나았고
마을 사람들은 노래를 따라 불렀다고 한다

입에서 입으로 건너온 노래는
「도라지 타령」
옥류동에서 시작됐다는 해설원의 말이다*

* 「도라지 타령」(『금강산 이야기』)을 재구성.

구룡폭포, 천 길 흰 비단 드리운

남강 상류
옥류동 서쪽 좁고 긴 골짜기 구룡동에는
은실처럼 곱게 흘러내리는 은사류가 있고

무봉폭포 지나
왼쪽으로 일이 리쯤 들어가면
주렴폭포가 나오고

주렴폭포에서 오 리쯤 가면
구룡연을 향해
장쾌하게 쏟아지는 폭포

구룡동을 뒤흔들며 용이 올라가듯
웅장한 우렛소리
물보라가 싸락눈처럼 날린다

중향폭포라고도 한다는
바위 전체가 하나의 통바위여서
폭포수가 맑고 깨끗한 비단을 닮은 구룡폭포

송강 정철은
폭포 앞에 왔다가
「관동별곡」에서 이렇게 읊었다

“은 같은 무지개 옥 같은 용의 꼬리
섯돌며 뿜는 소리 십 리에 잦았으니
들을 때는 우레더니 와서 보니 눈이더라”

장쾌하고 웅장한 폭포 앞 너럭바위에는
신라 때 학자
최치원의 시가 새겨져 있는데

해석하면 이렇다.
“천 길 흰 비단 드리웠는가
만 섬 진주알을 흩뿌렸는가”

폭포 옆 바위벽에는
해강 김규진 글씨 미륵불彌勒佛
글씨가 위에서 아래로 새겨져 있다

구룡연, 호쾌한 물소리를 내는

당연히 구룡폭포는
금강산 최고 폭포
호쾌한 물소리를 내며 쏟아진다

하얀 물줄기를 쏟아내는 폭포 아래는
깊고 푸른 구룡연
용 아홉 마리가 산다고 한다

폭포수가 말을 주고받을 수 없도록 굉음 내며
절구통 같은 돌확에
물방아 찧듯 기세 좋게 내리꽂는 폭포

연못에는 정말
유점사 53불에게 쫓겨 온 용들이 살고 있을 것만 같아
간담이 서늘하다

열아홉 살에
금강산에 들어와 머물렀던 율곡
구룡연을 와보지 못한 채 시만 써서 남겼다

"구룡연 경치가 보고 싶으나
그 길이 험하다고 중이 말한다
만약에 소낙비를 만나게 되면
목숨 잃는 건 잠깐이라고 한다

차라리 높은 봉우리에 올라
신선의 자취를 밟으라기에
그 말을 그대로 믿기로 하고
비로봉에 오르기로 결심했다"*

구룡연가 반석에는
금강산에 와서 살았던
율곡의 학통 우암 송시열이 쓴 글 여덟 자

풀이하면 이렇다
"성난 폭포가 한가운데로 쏟아지니
사람의 눈을 어지럽게 한다"

구룡연에서 흘러간 물은
남강으로 가며 수려한 외금강 그림자를 담고

수십 개 폭포를 뛰어내리며

바위에 부딪혀
포말을 일으키고
검푸른 담소에 고였다가 흩어진다

구룡암은 근처 어디쯤에 있을까
김병연은
금강산에 와서 외로운 심사를 시로 지었다

"아침엔 백운봉에 올라
금강산을 구경하고
어두워지면 산봉우리 아래
외로운 암자에서 잠을 잔다
깊은 밤 스님은 잠들어 있고
나그네는 홀로 깨어있는데
두견새 울음소리에
산에 걸린 달이 스러진다"**

구룡암에 묵으면서

주변 경치를 구경한 김병연
아래 시를 지어 승려에게 주었다

"만일 금강산 경치를 빼놓는다면
청산은 모두 앙상한 뼈만 남겠지
그 뒤 나귀 탄 나그네는
흥을 잃고 다만 머뭇거릴 뿐이고"***

* 『김삿갓 금강산 방랑기』 참조.
** 위의 책, 94쪽 참조.
*** 위의 책, 118쪽 참조.

상팔담, 나무꾼과 선녀가 만난

구룡폭포 위에는 물을 담았다 내려보내는 상팔담
구정봉 기슭 구룡대에 오르면
상팔담이 내려다보인다

선녀 여덟 명이
달밤에 하늘에서 내려와
목욕하고 돌아갔다는

한 장 통바위를 돌아 나가는
여덟 개 웅덩이는
거대한 구슬을 꿴 듯 장관이다

해설원이 말하길
옛날 금강산에 홀어머니 모시고 사는
나무꾼이 있었다고 한다

어느 날 나무를 하고 있는데
갑자기 포수에게 쫓기는 사슴이 나타나
살려달라고 애원했다

나무꾼은 사슴을 나뭇단에 숨겨 주었고
목숨을 건진 사슴은
나무꾼이 장가를 못 간 노총각임을 알고

둥그런 보름달이 뜨는 날
금강산 구룡폭포 위 팔담에 가면
선녀들이 내려와 목욕을 하는데

옷을 감추면
하늘로 돌아갈 수 없으니
그녀를 아내로 맞아들이라고 했다

그러나 아이 셋을 낳기 전에는
절대 옷을 보여 주어서는 안 된다 당부하고
숲속으로 사라진 사슴

나무꾼은 사슴이 시키는 대로
구룡폭포 위 팔담에 숨어있다가
목욕하러 내려온 선녀 옷 한 벌 감추었고

날개옷 잃어버린 선녀
하늘로 올라갈 수 없어 슬피 울다가
나무꾼 아내 되어 금강산에서 살게 되었다

세월은 흘러
나무꾼과 선녀 사이에는
아들과 딸 두 아이가 생겼고

나무꾼은 이제
날개옷 보여 주어도 괜찮겠다는
생각이 들었는데

날개옷 입은 선녀 하늘나라가 그리워
두 아이를 안고
하늘로 올라가 버렸다

나무꾼이 크게 낙담하고 엉엉 울자
사슴이
나무꾼 앞에 나타나 말하길

"당신이 날개옷을 감춘 후로는
선녀들이 두레박으로 물을 퍼 올려
하늘에서 목욕을 하니

두레박을 타고
하늘로 올라가면
아내와 아이들을 만날 수 있을 겁니다."

나무꾼은 하늘에서 내려온 두레박 타고
하늘로 올라가
그리운 아내와 아이들을 만났는데

그러나 하늘나라는 한동안 즐거웠지만
선녀에게도 나무꾼에게도
금강산만 못했다

나무꾼은 자기가 나서 자란 금강산보다
더 아름다운 곳은
그 어디에도 없다고 생각했고

선녀도 아름다운 금강산에서
선량한 나무꾼과 함께 살던 날들을
그리워했다

나뭇꾼과 선녀는
아이들 데리고 다시 금강산으로 내려와
어머니 모시고 행복하게 살았다고 한다*

* 『금강산은 부른다』, 78쪽 재구성.

개구리바위, 눈을 뜬 채 돌이 된

팔담을 가슴에 둔 옥녀봉에
눈을 크게 뜬
개구리바위가 있다는 해설원의 말

온정리 달걀바위 아래
깊은 우물이 하나 있는데
개구리들이 모여 살았다고 한다

할아버지 개구리는
손자 개구리들을 모아놓고 말했다
우물처럼 안전하고 살기 좋은 곳은 없단다

나도 젊었을 때
우물 밖 여기저기 돌아다녀 봤지만
모두 위험하기만 했지

우물 밖은 위험천만하지만
우물 안에는
무서운 뱀도 없고 족제비도 없거든

좁은 우물이지만
머리 위로 하늘을 볼 수 있고
구름도 볼 수 있지

어느 날 우물가에 까마귀 한 마리 날아와
자신이 보았던
세상 이야기를 들려주었다

개구리들은 다녀본 곳 중
가장 아름다웠던 곳을 물었고
까마귀는 금강산 어느 곳이라고 했다

개구리들은 가장 용기 있는 대표를 뽑아
금강산 구경을 하고 와서
얼마나 아름다운지 얘기를 해달라고 했고

까마귀 등에 업혀
세상 구경을 하던 개구리
세상이 넓고 큰 것에 놀라고 말았다

까마귀는 개구리를
금강산 옥녀봉 골짜기에 내려놓았는데
옥녀봉을 기어오르던 개구리

금강산의 아름다운 경치에 취해
돌아가는 것을 잊어버리고
눈을 부릅뜬 채 점점 돌로 굳어갔다*

* 「바위가 된 개구리」(『얘들아, 금강산 가자』) 재구성.

옥황상제바위, 세존봉 중턱에서 굳은

구룡연 구역 만경교 지나
왼쪽으로
세존봉 바라보고 있으면

봉우리 중턱에
대머리로 앉아있는 사람 모양
옥황상제바위

하늘에 있는 옥황상제가
금강산이 천하명승이라는 소문을 듣고
금강산이 궁금해서 내려왔는데

금강산 경치를 다 돌아보고
세존봉 구룡연 기슭에 이르렀을 때
삼복더위라 땀투성이가 되었는데

구룡연에서 흘러내리는
맑고 시원한 물줄기를 보자
목욕이 하고 싶어졌다

옥황상제는 관을 벗어
바위에 얹어놓은 다음
옷을 벗고 못 속에 뛰어들었는데

어디서 엄하게 꾸짖는 소리가 들렸다
“누가 신성한 여기서 벌거벗고 목욕을 하는가?”
금강산 산신령 목소리였다

“이 물은 천만 종류의 약초를 씻고 흘러내리는
신령한 약수라서
이곳을 찾는 사람들이 즐겨 마시는 물

더구나 사람들이 오고 가는 길목에서
창피한 줄도 모르고 목욕을 하였으니
천벌을 받아 마땅하다!”

이렇게 꾸짖고는
산신령은
상제가 벗어놓은 관을 가지고 사라졌는데

상제의 상징인 관을 빼앗긴 옥황상제
다시 하늘로 올라가지 못하고
세존봉 중턱에 굳어 바위가 되었다고 한다*

* 『금강산은 부른다』, 78쪽 참조.

토끼바위, 황홀경에 취해 입을 떡 벌린

선녀들이 팔담에 내려와
목욕을 하고부터 금강산 경치가
천하제일이라는 소문이 하늘나라에 퍼졌다

하늘나라에서는
금강산 한번 구경을 가는 게
소원이 되었다

하루는 성미 급한 토끼가
금강산 경치가 좋다는 소문을 듣고 안달 나서
방아 찧는 일이 손에 잡히지 않았다

토끼는 옥황상제에게 가서
소원을 들어달라 졸랐고
옥황상제는 조건을 달아 허락하였다

"토끼야, 보름이 되기 전에
꼭 달에 다시 올라와야 한다."
옥황상제는 몇 번 당부하고 다짐받았다

금강산에 내려온 토끼
세존봉 줄기를 타고 기어오르다
금강문 근처에서 어리둥절해졌는데

천화대 옥류폭포 무봉폭포 비봉폭포 은사류
그리고 구룡폭포와 구룡연
이런 경치가 아름다워 넋을 잃었다

금강산 다른 곳을 가도
아름답기는 마찬가지
토끼는 황홀경에 취해 날짜 가는 것을 잊었다

어느 날 밤
월출봉 위를 보니
휘영청 밝은 보름달이 떠오르고 있었는데

그때야 토끼는 정신이 들었지만
이미 돌아갈 때는 늦었고
하늘에서 옥황상제 화난 목소리가 들렸다

"토끼야!
그전에는 달리기에서 거북이한테 지더니
이번에는 행동도 거북이처럼 느리구나."

옥황상제는 토끼에게 벌을 내려
머리는 토끼
몸은 거북이가 되게 했다

토끼는 옥황상제에게 벌 받았지만
그래도 달에서 방아 찧는 것보다
금강산이 좋았고

아름다운 경관에 반하여
입을 떡 벌린 채
점점 굳어져 돌이 되었다고 한다*

* 『김삿갓 금강산 방랑기』, 97–99쪽 및 「토끼 바위」(『금강산 이야기』) 참조.

영춘대, 봄이 먼저 찾아오는

산악미와 계곡미가 빼어나다는
동석동과 선하동과 세채동
기암괴석과 맑은 계곡

폭포와 담소와 숲으로 이루어진
집선봉에 모인 신선과
채하봉의 이내를 따서 이름을 붙였다는 선하동

이곳에는 금강산에서
봄이 가장 먼저 찾아온다는
영춘대가 있다

온정리 삼거리에서 술기념이고개 넘어
신계천 건너고 솔밭 지나면
정면으로 맞아주는 영춘대

표고 삼백오십 미터라는
이곳에 올라서면 집선연봉들과 채하봉
세존봉 봉우리와 동해가 보인다

개울가 동쪽 바닥에 수십 명이 둘러앉을 수 있는
넓고 흔들리는 바위가 있어서
동네 이름을 동석동이라고 붙였다는

바위 아래쪽에는 동석담이라는 연못
연못으로 맑은 물이 흘러 들어오고
흘러 나가는 골짜기가 있다

동석동, 활엽수가 골짜기를 장식하는

단풍나무와 박달나무
물푸레나무와 층층나무와 참나무
이런 나무들이 무수히 자라는 동석동

활엽수들이 많아
가을이면 골짜기를 아름답게 장식하는 계곡에는
도토리가 많이 난다고 한다

내게 금강산 방문 선물이라며
금강산수출품생산사업소에서 만든
금강산술 한 병 건네는 해설원

알코올 50%
주원료 도토리
투명하고 맑은 도토리 빛이 약하게 비치는 듯

"조선의 명산 금강산
천연수림에서 채취한 도토리와
동석동 골 안에서 나오는 샘물로 만든 술입니다."

해설원이 따라주는 술맛이
금강산 어느 골짜기 바위틈에서 솟은
약수처럼 맑고 달다

양사언, 금강산 이곳저곳 남긴 글씨

호를 자신이 태어난
금강산 다른 이름인 봉래라고 붙였던
조선의 인물

이곳 외금강 골짜기
동석동 삿갓봉 아래서 태어나
어린 시절을 보낸 그는

관리가 되어서도
평창, 철원, 회양 등 강원도 지역을 돌면서
수령을 했다고 한다

금강산이 있는 회양군수로 재직하면서
금강산 여러 곳을 관람하고
가는 곳마다 흔적을 남겼다는 봉래

만폭동 바위벽에 '봉래풍악원화동천'을 남겼다
'봉래풍악'은 금강산 다른 이름
'원화동천'은 만폭동 다른 이름

금강산 아름다움을 보여 주는
으뜸가는 골짜기라는 뜻인데
삼일포 구선봉 바위에도 글을 남겼다고 한다

그가 즐겨 찾던 신금강 발연소 골짜기에도
봉래암蓬萊岩
폭포암瀑布岩 각자가 있고

동해안 삼일포 봉래대
감호 비래정
구선봉 아래 천서암과 신선굴에도 자취를 남겼다

금강산 산수를 즐기면서
스스로 선인仙人으로 묘사한
유학자이자 호방했던 낭만적 방랑자

사십여 년 관직에 있으면서
부정을 하지 않고
유족에게 재산을 남기지 않았다고 한다*

* 『금강산은 부른다』, 110쪽 참조.

선하동, 눈이 많기로 유명한

십일월에 내린 눈이
다음 해 유월까지도 녹지 않는다는
눈이 많기로 유명한 선하동

골짜기에 눈이 가득해도
눈 속에서 솟아난 나무에는
꽃이 핀다고 한다

선하동은
저녁 이내가 아름다운 채하봉 동남릉과
집선봉 서릉 사이에 생긴 골짜기

넓고 흰 바위로 된 개울 바닥과
희고 깨끗한 바닥을 흘러가는 물이 만드는
합수목폭포 선하폭포 환선폭포 백련폭포 연주폭포

환선폭포에는
폭포 아래
물을 담는 연못이 없고

폭포수 위에서는
하늘의 신선이 부르는 것 같은
물소리

계곡에서 산 능선을 오르면
거북선바위 용선바위 말바위가
차례로 나타나고

서쪽에는 채하봉이 있어
고원 풍경이 이채로운 채하고대는
전망대로 좋다고 한다

집선봉과
밥상처럼 생겼다고 붙여진 이름인 소반덕
정상에서 보는 동해 일출이 장관이라고 한다

집선봉, 선녀가 모여있는

금강산에서
가장 날카로운 봉우리를 가지고 있다는
외금강과 동해를 조망하기 좋은 집선봉

영선대 강선대 승선대는
신선과 선녀의 전설이 가득하고
고려 전치유는 이런 시를 썼다

"대머리처럼 풀도 나지 않았고
벌거벗은 어깨 위로 구름이 뜬다
우뚝한 돌산만이 혼자 고결해
살찐 모든 산은 웃는 듯하다"*

집선봉 건너 바위 절벽 아래는
파란 잎들이 봉우리와 봉우리 틈을
기어오르는 듯하다

* 『금강산은 부른다』, 80쪽 참조.

발연사, 아름다운 소와 폭포가 있는

영신동에서 더 올라가면
발연사터가 있는
발연동

신라시대 고승 진표율사가
발연사 전신인
발연수를 세웠다는 곳

발연소는
바리소골이라고도 한다는데
발鉢은 스님들의 밥그릇

발연소골에는
아름다운 소와 폭포
명소들이 많고

소반덕 잘루목에서
발연소골로 내려가면 계수대와
계봉소 계수난봉암 누운폭포 폭포바위 구유소

그리고 발연사터와
무지개다리와 바리소와 발연사
이런 많은 명소들을 만나는데

모양이 바리를 닮은
깊고 맑은 바리소는
발연동 입구에 있는 첫 연못

주위 경치가 아름다워
예로부터
사람들이 많이 찾았다고 한다

바리소 위와 아래에는
위에 있는 소와 아래에 있는 소를 연결해 주는
폭포 두 개가 누워있고

바리소에서 구유소 사이 발연사 터에는
세모난 바위에 鉢淵발연이라고 새긴
글씨가 선명하다

가까이에 있는 무지개다리 홍예교는
주변 숲과 물과 잘 어울리는
발연사에 오고 가는 다리였다고 한다

발연사 터 옆에는 폭포내림바위가 있고
개울에는 넓은 바위
계곡물이 경사진 바위 홈을 타고 내려간다

와폭이라 부르는 누운폭포 개울 바닥에는
양사언이 쓴 글씨
폭포암瀑布巖 봉래도蓬萊道

신금강, 아름다운 봉우리들 솟아있어

백두대간 장군성에서
동쪽으로 뻗어 나온
채하능선 남쪽 송림구역

장군성에서 남쪽을 향해 이어지는
월출봉 일출봉 내무재령 천화봉과
차일봉 외무재령 호룡봉

백두대간 동쪽 은선대구역은
아름다운 봉우리들이 솟아있어
신금강이라 부른다는 해설원의 설명

송림 구역에는
성문골 만상동 송림동 백천교로 이어지는
계곡이 있고

은선대구역에는
차일봉에서 내려온 효운동 계곡이
만경동 물과 만나 용천으로 흘러간다

유점사 앞을 지나가는 용천
유점사에서 흘러온 물은 환희현 부근에서
원앙동 물과 합쳐 남강으로 가고

이렇게 일백오십 리를 흘러가서
송림사골에서 내려온
백천과 만나는데

남강 하류는
경치가 아름다워
적벽강이라고도 부른다는데

적벽강은 "고려에 태어나
금강산을 보는 것이 소원"이라고 했던 소동파가
뱃놀이하며 놀던 곳에서 따온 것

바다와 만나는 하구에는
아름다운 기암들의 전시장
해금강 승경이 펼쳐지고 있다

십이폭포, 우리나라에서 제일 긴 폭포

십이폭포는
채하봉과 소반덕 남릉에서
성문골로 흘러내리는

금강산에서 제일 긴 폭포라고 하는데
열두 계단을 이루며 떨어져 내려
붙인 이름이다

채하봉 건너편 능선 은선대에 오르지 않으면
잘 보이지 않는다고 해서
은선대폭포라고도 부른다는데

일백 척 폭포는 너무 높아서
아래서는 폭포 전체 모습을 볼 수 없어
은선대나 불정대에 올라야 전체를 볼 수 있다는데

폭포 주변 산기슭
바위틈에는
소나무 단풍나무 철쭉나무 옻나무가 무성하다

단풍이 불타는 가을
십이폭포가 가장 아름답다는데
지금은 단풍이 들기 전

십이폭포에서 서쪽으로
조금 떨어진 산비탈에는
산정에서 떨어지는 폭포가 물보라를 일으키고

열두 번 바위에 부딪치면서 폭포음을 내기에
그 소리를 듣는 성문굴聲聞窟이 있고
성문폭포와 장룡굴이 있다고 한다

유점사, 금강산에서 가장 큰 절

금강산을 여행하던
옛사람 한 분은
사설시조 「유점사」 한 편을 남겼다

"강원도 개골산 감돌아들어
유점절 뒤에 우뚝 선 전나무 끝에
웅크려 앉은 흰 송골매를
아무거나 잡아 길들여 꿩 사냥 보내는데
우리는 새님 연애 걸어두고
길 못 들여 하노라"*

헐성루와 만폭동에서
시를 남긴 소녀 김금원은
유점사에 와서도 시를 남겼다

"하늘에 매달린 한 개 암자
북쪽에서 울린 종소리 남쪽으로 메아리쳐 간다.
그 소리에 깨었는가 흰 구름 둥실 뜨고
그 소리가 불렀는가 밝은 달 못 속에 잠긴다."

남강과 합하는
용천을 거슬러 올라가다 보면
소년소가 나오고

소년소는 유점사에서 심부름하던 소년이
주지의 가혹한 노동을 견디지 못하고
자살하였다는 연못**

소년소에서 더 가면 유점사 터
유점사는 용천을 앞에 두고
청룡산을 등진 배산임수 사찰이다

까마귀가 쪼는 곳을 팠더니 샘물이 솟아
이곳에 절을 세웠다는 창건설화에 나오는 샘물
오탁수烏啄水가 있는 곳

6 · 25 전쟁 때 불탄 절터에는
우람한 동종과
구층 석탑이 남아있고

유점사는 신계사와 같이
임진왜란 당시
사명당이 승병을 지휘하던 절

개잔령 넘어 바다가 있어서
배 타고 들어오는 왜병을 섬멸하려고
바다와 가까운 절에 지휘소를 두었다고 한다

유점사 위쪽에는
삼십 척 높이 바위 반야대
반야대는 수십 명이 둘러앉을 수 있다는데

금강산 주인 법기보살이
반야회를 만들어
불경을 강의했던 자리일지도 모르겠다

* 『고성군지』 참조.

** 「소년소」(『금강산 이야기』) 참조.

느릅나무, 종을 매달았던 유점사 나무

1950년 전쟁으로 불에 타기 전
기와지붕 건물들이 모여있는 장엄한 풍경 사진
절을 향해 올라가는 사진 속 흰 길

절 주변 무성한 나무들과
키 크고 팔을 활짝 벌린 나무는
아마 전나무일 것이다

능인보전에 안치되었던
53불 모습은 1912년 이후 행방을 알 수 없고
지금은 사진으로만 볼 수 있다고 한다

옛날 석가모니 제자 문수보살이
53개 불상을 만들어
종 안에 넣고 바다에 띄우면서 말했다

"석가모니 53상像이
인연이 있는 나라에 가서 있게 되면
뒤따라가서 부처님 말씀을 전하리라!"

종은 월지국을 거쳐
금강산 동쪽
안창현 포구에 이르렀고

안창현 주민들이
이것을 보고
이상하게 여겨 관가에 알렸다

53부처상들은 종을 가지고
개잔령이라 부르는 구령을 넘어
개울 따라 올라와

큰 연못이 있는 울창한 숲 한가운데
큰 느릅나무에 종을 걸어두고
못가에서 잠시 쉬고 있었는데

53부처상들이 쉬는 곳에서 갑자기 종이 울리고
향기가 자욱하고
상서로운 구름이 떠돌았다고 한다

이를 본 고성 태수 노춘은
국왕에게 이 사실을 알렸고
왕도 놀라 이상히 여겨 직접 그곳에 가봤다

왕은 그 자리에 절을 지어 부처들을 모셨고
느릅나무 가지에 종을 걸어두었다고 해서
절 이름을 유점사라 했다고 한다*

* 『금강산은 부른다』, 88-89쪽 참조.

구룡소, 아홉 마리 용이 살던

지금 유점사 자리에는
원래 큰 못이 있었고
못에는 아홉 마리 용이 살고 있었는데

아홉 마리 용은 53불이 들어오자
용 무리들은 서로 재주를 부려
지는 편이 못을 떠나기로 하였다

먼저 용이 조화를 부려
뇌성벽력을 일으키고
폭우가 쏟아지게 했다

그럼에도 부처들은
여전히 느릅나무 위에 앉아있었다
부처는 차례가 되자 화火 자를 써서 물에 넣었다

물이 끓기 시작하자 용 무리들은
견디지 못하고 서쪽 효운동 못으로 옮겨 가서
다시 살았는데 거기가 구룡소

부처가 그곳에서도 못살게 하자
아홉 마리 용들은
오늘의 구룡연으로 옮겨 갔다

효운동 구룡소는 돌이 움푹움푹 패어있는데
크고 작은 독을 물속에 넣은 것도 같고
돌확을 깊이 파놓은 것도 같고

아홉 마리 용이 살던 자리라고도 하고
아홉 마리 용이 달아날 때
돌을 뚫고 나간 자리라고도 한다*

* 앞의 책, 89쪽 참조.

산영루, 시를 지으며 슬퍼한 사명대사

임진년인 1592년
사명대사가 유점사에 머물고 있었는데
조선에 왜군이 쳐들어와 큰 전쟁이 일어났다

왜적을 타일러 돌려보낸 사명은
고성 적진에 들어가
그들을 교화시켰고

승려들을 한성 경상도 전라도에 보내
적의 형세와
우리 군사들의 활동을 탐정토록 하였다

보윤 보련 보월에게는
사람을 보내 나라를 구하는 공업을
꾀하게 하고

함경도에 사람을 보내
피난 간 왕과 왕자들 소식을
알아 오게 하고

강원도 함경도에 사람을 보내
영리한 장정 승려를 뽑아
9월 상순까지 간성 건봉사로 모이라 하였다

한성에 보냈던 정보원이 돌아와서는
왕이 피난한 지 오래되었고
왜적이 왕궁에 침입하였다는 소식을 듣고

밤에 잠을 이루지 못하다가
산영루에 올라
아래 시를 지으며 슬퍼하였다

"우리 인생 무엇이기에
누다락에 홀로 앉아 임 그리워 못 살겠다
세월은 빠르기가 지나가는 새 같도다
흰 이슬 찬 서리여!
이른 가을 되었단 말인가?
접동새는 높이 날고 소상강은 차구나
초목은 소슬한데 이내 생각 끝이 없다
임 계신 데 바라보니 먼 산만 아득하다

관해關海가 가로막혀 기러기도 끊어졌다
임금의 수레가 떠나시니 봉성이 비었단 말인가
문무백관들은 구렁에 굴러들고
개와 양 떼는 사방에 횡행한다"

함경도에서 돌아온 정보원
두 왕자가 왜군에게 잡혔다는 소식을 전하자
승병을 동원하기로 맹세한다

스승인 서산대사 격문을 받고
의승병을 모아 순안으로 가서
서산대사 승군과 합류한 사명대사

평양성 탈환 혈전에 참가
전공을 세우고 삼각산 노원평과
우관동 전투에서도 이겼다고 한다*

* 『고성군지』 참조.

유점사, 애국 투쟁의 거점

1880년 원산 개항 이후
원산과 가까운 이곳에
일본 상품 강매와 자원 약탈이 미쳤고

일제와 관군에 의해 갑오농민투쟁이
가혹하게 진압되자
금강산 주변에서도 의병 투쟁이 타올랐다고 한다

을사늑약 강압 체결과
조선 군대 해산을 반대하여
반일 투쟁 기세는 더욱 고조되었고

고성 일대 활동하던 의병대
칠백여 명은 유점사에 거점을 틀고
고성읍에 쳐들어가 악질 주구들을 처단했다

이런 와중에서도
조선의 지배계급과 결탁하여
의병과 민중들의 애국 투쟁을 진압하고

우리 민족의 전승 유물을 가져가거나
파괴 만행을 벌이고
육지와 바다와 자원을 약탈해 간 일제

조선 백성의 반항을 거세하기 위해
불교를 이용 금강산 절들을 대지주로 만들어
민중의 고혈을 더욱 짰다

금강산을 파헤쳐 광석을 캐가고
목재를 남벌하고
철도를 놓아 돈을 벌어들이고

요리점과 여관을 짓고
유흥장을 만들어
돈벌이를 한 일제와 친일 지주들

일제에 항의하여 대한 독립을 외치고
농민의 소작료 불납 투쟁과
노동자들이 태업 투쟁을 벌였던

애국적 기개가 살아있던
금강산 자락 그늘
고성과 통천 지역의 유가와 민중들*

* 『금강산 식물생태』 참조.

소년소, 절 심부름꾼 소년이 몸을 던진

부모 잃고 떠돌던 소년
부처를 잘 섬기면 복 받는다는 말 듣고
유점사 심부름꾼으로 들어갔다

얼굴이 흉물스런
유점사 주지
소년을 꿇어앉혀 놓고 이렇게 말했다

"너는 내일부터
금강산에 있는 108개 절간들을 돌아다니면서
불공할 때 거두어들인 돈을 모아 오너라.

그런데 꼭
유점사 새벽종이 울리기 전에는
돌아와야 한다.

그 일을 잘하면
대자대비하신 부처님이
너를 극락세계로 부를 것이야.

일을 못하면
부처님이 너를
유황 가마에 넣고 끓여 죽일 것이다."

소년은 다음 날 저녁부터
짐승들도 넘나들기 어려운
가파른 벼랑길을

비가 오나 바람 부나
내금강 표훈사 장안사까지 이백 리 산길 돌아
새벽종이 울리기 전 유점사에 도착했다

몇 달 지난 추석날
주지는 재촉하며 말했다
"추석이라 사람들이 많이 오니 빨리 돌아!"

주지 재촉에
저녁 거르고 허기진 몸으로 길 떠난 소년
돌아오는 길이 늦어져

죽자 살자 뛰었지만
유점사 바로 앞 연못가에 이르렀을 때
종이 울리고 말았다

뛰기를 멈춰선 소년 가슴은 철렁
험악한 주지 얼굴이 눈앞에 어른거리고
펄펄 끓는 유황 가마에 던져지는 것이 두려워

풍덩! 검푸른 연못에 몸을 던졌다
절을 위해 부처를 위해
모든 걸 바쳤으나 돌아온 것은 죽음뿐

소문이 두려운 주지는
부처님이 소년을 극락으로 데려갔다고 떠벌렸지만
사람들은 주지의 말을 믿지 않았다

유점사 절터에서 가까운
연못
사람들은 소년소라고 불렀다*

* 「소년소」(『금강산 이야기』) 참조.

정수동, 친구 따라 금강산 간

조선 말
평생 생업을 돌보지 않고
세상을 떠돈 벼슬 없는 시인 정수동*

위항 시인의 대표적 인물인 그는
기발한 익살꾼이자 지배층 위정을 풍자
정치 현실에 비판적이었다

규율적 생활을 싫어해서
시를 짓는 것이
구속에서 벗어나는 일이라고 생각했던 시인

아내가 해산을 앞두고 있을 때
해산 전후에 쓰는 산후조리 탕약인
불수산佛手散을 지으러 가다가

구리개 약방 앞에서
금강산 유람 가는 친구 둘을 만나
약 짓는 것을 잊고 금강산을 따라갔다고 한다

일 년 가까이 금강산 유람을 하다
절에서 천수관음상을 보다가
불수산이 생각나

즉시 한양으로 돌아와
불수산을 지어 집으로 들어섰는데
그날이 마침 아이의 첫 돌잔치 날

부인 김씨는 마루로 나와 남편을 맞았다
"서방님께서 원체 성미가 급하시어
아이 돌잔치가 되어서야 불수산을 지어 오십니다."

정수동이 말을 받았다
"부인, 성미도 무척 급하오.
불수산을 지어 오기도 전 돌잔치부터 하는구려."

이 말을 들은 일가친척 모두
포복절도했다는 이야기
이 아이는 10살에 죽었다고 한다

가난한 아비 정수동 시인
자식의 죽음을 애도하는 시
「아이가 죽어 울며」를 남겼다

"열 살 급살에 가난한 집 자식이라
저승서 남루하다 돌려보내진 않을까
총명하진 못해도 모자라진 않았는데
어찌 우둔한 내게 보내 기쁘게 했을까"**

* 『김삿갓 금강산 방랑기』, 120쪽 참조.

** 네이버 나무위키 참조.

은선대, 별마을 선녀가 숨어 산

별마을 채선이는
별마을에서 팔만 년을 산
팔만옹 할아버지 심부름을 돕는 선녀

어느 날 욕심쟁이 팔만옹 할아버지
구슬 등을 만들어 걸면
눈이 더 밝아진다는 얘기를 듣고

채선에게
은하강에 가서
구슬을 주워 오라고 일렀다

채선이 날개옷 입고
은하강으로 날아가니
구슬 열 알을 주워 오다가

구름에 걸려 넘어지면서
금강산 골짜기에
구슬을 쏟고 말았다

구슬 건지러
구름 수레를 타고
송림계곡 칠보대 골짜기에 내려온 채선

나무꾼 총각 도움으로
물속에 빠진 구슬 꺼내
구름 수레 타고 하늘로 올라갔다가

아름다운 금강산 경치가 그립고
금강산 나무꾼 총각 잊지 못하다가
팔만옹 할아버지 잔칫집에 간 사이

구름 수레 타고 금강산에 내려와
나무꾼 총각과
금강산에 숨어 살게 되었는데

하늘에 있는
팔만옹 할아버지 눈을 피해
선녀가 숨어 살던 곳이라서 은선대라고 한다*

* 「은선대」(『금강산 이야기』) 재구성.

내무재령, 내금강과 외금강을 잇는

백두대간 능선 내무재령은
내금강에서 외금강을 잇는
가장 쉬운 고개

옛날엔 내금강 만폭동에서 내무재령 넘어
은선대 올라 십이폭 구경하고
외금강 유점사로 나오던 길

지금은 남강을 따라 올라와
유점사 부근 노루메기와 삼거리 거쳐
외무재령으로 통하는 자동차 길이 있어

환희고개 넘어 용천을 따라 올라가면
유점사와 효운동과 안무재골 지나
내무재령에 이르는 쉬운 길이 있다고 한다

노루메기에서 개잔령 넘어
백천교 아니면 유점사에서 박달고개 넘어
송림사 터와 십이폭 가는 길에 있고

지도를 보니 백천천 거슬러 올라
송림사 터까지도
자동차 길이 나있다

송림사 터에서 치마바위와 송림담과 용소를
합류폭포와 곧은폭포와 복숭아소와 이단폭포를
만상소와 만상폭포를 거슬러 올라가면

오른쪽 계곡에서 흘러내리는
우람하고 장대한
십이폭포

별금강, 또 한 무더기 금강산

금강산 최고 북쪽
백두대간 줄기에 있는 선창산
선창산 아래 높이 솟은 오봉산

오봉산 아래 천주봉 그리고
백두대간 천주봉에서 동쪽으로 뻗어 나온
세지봉 문주봉 천불산으로 이어지는

동북쪽 기슭과 동해 사이
여기에 천지신명이 또 한 무더기 금강산
별금강을 이루어놓았다

오봉산과 천불산과 가리산 사이 계곡이 모여
천불천으로 합해 동해로 흘러가는
천불동구역

북쪽으로 가리산 넘어
선창산과 가리산 기슭에서 흘러내리는 계곡
주렴천에 모여 동해로 흘러가는 선창구역

더 북쪽으로 바리봉
백정봉 하백봉에서 흘러내리는 계곡이 모여
동해로 빠지는 운전천이 있는 백정봉구역

내륙고산 바위산과 바위산 사이 흐르는 계곡
이곳 계곡은 흘러온 길이가 짧아
물이 많지 않으나

금강산이 아쉬워
금강산 바위와 계곡 풍경을
다시 한 번 더 만들어 옮겨 놓았다고 한다

천불동, 천 개의 부처가 있다는

부처처럼 생긴
기암괴석이 천 개가 된다는 천불동
장전만 서쪽 천불산과 천불천 계곡 상류다

천불천은 오봉산 동쪽에서 시작
이십오 리를 달려온
천불동 물과

세지봉 동쪽에서 시작
이십이 리를 달려온
천 개의 폭포가 있다는 천폭동 계곡

7번 국도를 건넌 다음
고성군 사기박리 여울에서 합류
장전항 북쪽 개울로 흘러든다

세지봉 문주봉 천불산으로 이어지는
능성 북쪽에 숨어있는
천폭동 계곡으로 거슬러 올라가면서는

두줄폭포 이단폭포 범바위 선인굴 육선암과
산주폭포 연주폭포 삼단폭로와 교향폭포와
비단폭포 군선암 작은이단폭포가 있고

다시 내려오다가
오봉산 천주봉 육선암으로 이어지는 능선과
지리산 쪽 뻗어 내리는 천불동 계곡으로 올라가면

삼단폭포와 백사폭포와 오단폭포와 천불폭포
천폭동은 폭포와 연못이 아름답고
천불동은 기암괴석이 천 개 부처 모양

장전항 쪽으로 나오면
삼국시대부터 있었다는
만리고성과 주험리고성이 있다

이만물상, 금강산 안쪽 만물상이라는

천불동 서북쪽 가리산 넘어 주험천
삽십 리 주험천은 통천과 고성이 경계를 이루는
선창산 동남릉에서 발원해 선창천이라 한다

금강못과 오봉산과
선창산이 감싸고 있고
하류는 반석동 상류는 원석동이다

선창계곡에 협곡을 이룬
암반 지대와 바위 능선이 복잡하게 얽혀 있어
꼬불꼬불 물이 흘러가고

내금강 외금강의 아름다운 풍경을 재현
금강산 안쪽
이만물상이라 부른다

선창산에서 내려가는 물은
금주폭포 분주폭포 선창폭포 은사폭포를 만들고
개바위와 배바위를 만나고

수문소와 곰바위와 가리폭포와 백청담을
섬소와 비둘기바위와 무대바위와 용소를 거쳐
물개소와 군상암과 백상암과 금강지까지

만 개 기암괴석과
돌아가고 떨어지는 물이
만물상을 만들었다

금강못, 금강산 천지라 했다는

선창산에서 꼬불꼬불
기암괴석 사이를 지나온 물은
금강못 앞을 지나고

금강못은 옛날 금강산 천지라고 했다는데
바위 절벽 사이로
흘러내려 모인 물

암벽으로 둘러싸인 연못은
호수를 산꼭대기에 옮겨놓은 듯
아름답고

물은 맑아서 파란 하늘과
바위틈에 뿌리를 내린
소나무 가지와 잎을 맑게 비추어준다

못가에 소나무 정자와 백사장이 있어
한참 앉아서
나를 들여다보고 가기에 좋은 곳

백정봉, 산정에 웅덩이가 파인

옛날 금강산 여행을 할 때
동해 바다에서 가려면
운전천 따라 백정봉에 올랐다는

금강산 축소판처럼 아름다운
선창계곡과
북쪽의 웅추곡

백정봉에서 바라보면
웅추곡 아래 마을이 구름에 덮여 있어서
구름밭이라는 아름다운 운전리

산정 바위에는 자연이 파놓은
수많은 물웅덩이가 있어
백정봉이라는 이름이 붙었다고 한다

백성들의 힘든 삶을 위로한
옛 시인 이원조는
시 「길을 가다 백정봉을 바라보며」를 남겼다

"신선은 곡식도 안 먹고 산모퉁이에 산다니
솥 하나도 많은데
솥이 백 개가 되니 어쩌나
원하노니 살기 힘든 백성에게
밥 짓게 빌려주어
흉년에도 밥 짓는 연기가
집집마다 두루 피어올랐으면 한다"*

백정봉 서쪽에는 바리봉이 있고
바리봉은 스님들 식기인
바리처럼 생겼고

바위가 파인 것은
온정리 수정봉 옆
바리봉과 닮았다고 한다

백정봉에 오르는 웅추곡에는
오리바위 가인바위 말등바위 고래등바위와
병풍바위 오리바위 아래는 운전고성이 있다

* 『금강산 한시선』(하) 참조.

외금강을 나오며

계곡 상류에서 내려오면서
박달나무 군락에서
상수리나무 군락으로 이어진다

그 아래 음지에서 잘 자라는 서어나무가
골짜기를 가려
하늘이 보이지 않는다

계곡에는 연분홍 옆구리 띠와
타원형 반점이 선명한 산천어
버드나무잎을 닮은 버들치가 있고

산송어와 알록고기
물이 고인 담소에는
옆구리에 주황색 세로띠를 두른 금강모치가 있다

장수하늘소 유충이 산다는
서어나무 줄기와
성충에게 줄기 즙을 젖으로 먹이는 신갈나무

큰흰줄나비와 네발나비
부전나비가 앉아있는
산기슭

금강산 대장봉 바위틈에서 발견됐다는
무메기름나물과 금강봄맞이꽃
금강초롱꽃과 도라지모싯대가 보인다*

* 『고성군지』 참조.

제4부 해금강

해설원의 말

"동해안 금강산인 해금강은 해안가 기이하고 묘한 절벽들과 소나무가 울창한 바위섬들이 어우러져 천지신명이 만든 걸작품입니다. 고성군 입석리 일대 해안 절경을 포함하는 지역입니다. 삼일포, 영랑호, 감호, 남쪽의 화진포에서 바다만물상, 금강문, 북쪽의 금란굴, 총석정, 시중호를 아우릅니다. 고대로 우리 민족이 가장 사랑한 국토 유람지였고 많은 흔적을 이야기와 시로 남겼습니다. 온정리지구에서 나와서 삼일포지구, 해금강지구, 성북리지구, 고성항지구, 고성읍지구, 통천지구, 통천공항을 지나 시중호지구, 동정호지구를 지나 원산지구까지 여행선이 됩니다. 북남의 남북의 공동 금강산 관광사업은 화해와 협력의 상징이고, 상호 신뢰를 회복하는 한반도 긴장 완화에 중요한 사업입니다."

삼일포, 화랑이 시흘 묵고 간

온정리에서 십 리
고성에서 북쪽으로 칠팔 리
남강 하류 후천이라 부르는 북강 옆 삼일포

참대 군락이 있는 삼일포는
네 명의 화랑이 3일간 머물렀다는
우리나라에서 가장 아름다운 호수라고 한다

송강 정철은
총석정에서 돌아오는 길에
삼일포를 찾아와 이렇게 썼다

"고성을 저만치 두고 삼일포를 찾아가니
붉은 글씨 완연한데 사선四仙은 어데 갔나
여기 사흘 머문 후에 어디 가 또 머무는고
선유담 영랑호 거기나 가 있는가"

옛날 신라 화랑 네 사람
영랑 술랑 남랑 안상이 와서
머물다 갔다고 하여 사선정

정자에 오르면
달처럼 둥근 호수에 비치는
일만 이천 봉우리와 끊없이 펼쳐진 바다

호수에 담긴 섬인
와우도와 무선대와 송도
난초가 자라는 삼일포 주변 기슭 바위 언덕에는

장군대라는 전망대가 있고
호반에는
향토 음식점인 단풍관

단풍관에서 내려다보이는 호수
맑고 오묘하며 그윽하고 밝아
복숭아꽃 피는 봄날엔 신선 세계의 경지라고 한다

단풍관, 삼일포 향토음식점

해설원과 단풍관에 들러
막걸리와 묵을 시켰다
해설원이 말을 건다

"아랫동네는
왜 이렇게 미제국주의를 추종합니까?
아직 친일 문제 청산도 안 되고

문학 지식인들이
친일 문인을 기념하는 문학상을
버젓이 주고받는다면서요?"

"그럼 윗동네는
김일성 주석이 항일투쟁할 때 불렀다던
「자유가」 노래 정신이 여전한지요?"

"그 노래를 아십니까?
아랫동네 시인 선생님 지식이 대단하십니다.
제가 불러드리지요?"

"사람은 사람이라 이름 가질 때
자유권은 꼭 같이 가지고 났다
자유권 없이는 살아도 죽은 몸이니
목숨은 버려도 자유는 못 버려"*

"정치권력과 경제권력은
인민과 시민이 항상 감시 견제 통제해야 합니다.
거꾸로 돼서는 나라가 도탄에 빠지지요."

"왜 남의 나라에 감 놔라 배 놔라 합니까.
심한 내정간섭 아닙니까.
우리 북조선은 우리가 챙깁니다."

"해설원 동무
이거 우리끼리 금강산 싸움 나겠으니
더 이상 논쟁하지 맙시다."

"그러시지요.
서로 탓하면 끝이 없겠지요.
식당에서 나가 삼일포나 둘러보시지요."

다섯 개 부드럽고 둥근 바위가 모여
연꽃 모양인 연화대
연화각에서 금강산 최고봉인 비로봉을 바라보고

조선조 시인이자 서예가인 양사언이
이곳에 올라 한눈에
호수를 바라보았다는 최고 전망대인 봉래대에 올랐다

봉래대에서 호수 쪽으로 내려가면
양사언이 글공부했다는 봉래굴
굴에는 그가 쓴 칠언절구가 초서체로 새겨져 있다

"거울 속에 피어있는 연꽃 송이 서른여섯
하늘가에 솟은 봉우리는 일만 이천
중간에 놓여 있는 한 조각 바윗돌은
바다 찾은 길손이 잠깐 쉬기 알맞다"**

* 《망명북한작가 PEN 문학》, 2013년 창간호.

** 『금강산』, 28쪽 참조.

몽천, 꿈에 산신이 가리켜준 샘물

후기 신라 때
작은 절 몽천사가 있었다는
물맛이 시원하고 달아

우물가에
옛사람들이 향열香洌과 몽천夢泉이라고 새겨놓은
향기롭고 몹시 차다는 말

불에 타 폐허로 남은 몽천은
몽천사를 짓기 위해 찾아온 스님이
우물 터를 구하지 못했는데

꿈에 나타난 백발노인이 가리킨 곳에서
우물을 구했다는
전설이 깃든 곳이다

옛 절터 뒤 바위에 오르니
소나무가 푸른
우도가 호수 가운데 소처럼 누워있다

남강, 햇살에 붉게 물들어 적벽

금강산 차일봉
동쪽 기슭에서 발원한 물이
신금강 효운동과 유점사 앞 용천을 거쳐

남쪽을 향해 흘러가다
향로봉에서 건봉산으로 건너가는 줄기에 막혀
북쪽으로 뒤돌아 흐르는 남강

차일봉에서 남강 하류까지 이백 리 내려와
충적평야를 만든 후
바다로 빠지는 남강 하류

해설원은 주변 풍광이
소동파 「적벽부」를 생각나게 할 만큼 아름다워
적벽강이라 불렀다고 한다

실제 아침 햇살에 붉다는
해금강이 시작되는 이곳
이름을 셀 수 없을 만큼 많은 섬들

배바위 사공바위 부처바위 촛대바위 입석
금강문 현종암 칠성봉 송도
이런 여러 가지 기암과 바다

이들이 어울려
바다의 금강
금강의 바다인 해금강을 만들었다

해만물상, 천태만상의 바위들

깨끗하게 오래 사는 백학
흰 두루미가 해마다 시월이면 와서
겨울을 나는 해금강 일대

남강 하구 삼각주 동쪽
모래와 바닷물과 해풍과 햇볕과 파도에 씻겨
천태만상을 이룬 기암괴석들

두 개 화강암 바위섬이
대문처럼 마주 보며
해금강 입구에 서있는 해금강문

사람을 닮은
노승바위 나한바위 천왕바위 동자바위와
얼굴바위 부부바위

짐승을 닮은 바위는
사자바위 고양이바위 쥐바위
물고기를 닮은 잉어바위 지렁이바위

책을 쌓아놓은 듯 서적바위와
누룩바위
이런 바위들이 모여 만물상을 이룬 곳

이런 만물은
맑고 투명한 바다 밑에도 펼쳐있어
해저 만물상을 이루는데

기암괴석과 골짜기
유영하는 물고기와 조개와 해조류를
눈으로 볼 수 있는 곳이라고 한다

영랑호, 화랑 영랑이 다녀간

해금강 남강 하구 남쪽
저녁노을에 비단 펼친 듯 아름다운
영랑호

새와 바람과 구름이 노는 영랑호는
개펄 한쪽에 모랫둑이 쌓여서 생긴
바닷물이 드나드는 호수

신라 화랑
영랑이 다녀간 호수라서
붙여진 이름이라고 한다

여기서 바닷가로 육백여 걸음을 가면
작은 언덕 위에
커다란 통바위

월지국에서 온 53부처들이
이곳에 종을 걸어놓고
도착을 알렸다는 현종암이 있다

감호, 달 비치고 돛단배 뜨던

남강 상류에 옛 발연사가 있었고
발연사 옆에는
수면이 거울처럼 맑은 감호

거울못이라고도 불리는
주변에 노송이 둘러서 있는
구선봉 아래 고요한 호수

마흔여섯에 감호 가까이 집을 지은 양사언은
아늑한 이곳 경치를
감팔경鑑八景으로 표현했다

"구선봉에 구름이 자고
비래정 노송은 푸르다
감호에 달 비치고 바다에 돛단배 떴는데
모래 위에 기러기 내려앉고
마을에 밥 짓는 연기 퐁퐁
포구에 고기 잡는 불빛
은행나무에 봄바람이 숨어든다
너에게 묻노니

어찌하여 이 한적한 곳에 사느냐
온 천하 명소 다 돌아보아도
이만한 곳 없었다고 한다
모래는 희고 바다는 푸르고 소나무는 울창
연꽃 같은 봉우리
그 아래 지은 내 집이 그림 같다"*

* 『고성군지』 참조.

구선봉, 아홉 화랑이 들렀다는

감호 북쪽 구선봉은
아홉 화랑이
들렀다는 곳

화랑이 바둑판을 만들어
바둑을 두며 놀았다는
돌 바둑판이 산꼭대기 노송 옆에 남아있다

동쪽에는 모래 둑이 길고
모래 둑 너머는
해돋이가 장쾌한 동해

해설원은
모래 둑에 핀 해당화를 가리키더니
남녘에도 해당화가 피느냐고 묻다가

근처에 차풍정터와
송도와
선암이 있다고 한다

비래정, 회오리바람에 긴편이 날아간

금강산 여름 이름인 봉래를
자신의 호로 지은 양사언
구선봉 아래 작은 집을 지었는데

정자 짓고 현판 걸고 싶어서
고래수염으로 붓을 만들어
호수에 떠 온 물로 먹을 갈아 글씨를 썼다

비래정飛來亭
세 글자를 쓰고 싶었지만
'飛' 자 말고는 만족스럽지 않았는데

결국 '飛' 자만 족자로 만들어 서재에 걸어두고
안변군수로 발령이 나
금강산을 떠나게 되었다고 한다

그러나 이성계 증조부 무덤에 화재가 나는 바람에
책임을 지고 귀양을 간 2년 뒤
돌아오는 길에서 병에 걸려 죽었다

어느 날 회오리바람이 불자
'飛' 자만 하늘로 날아가
어디로 갔는지 마을 사람들이 찾을 수 없었는데

나중에 알고 날짜를 세어보니
그 시간에
봉래 선생이 운명한 시간이었다고 한다

봉래 선생이
'飛' 자에 정신을 많이 쏟아부어
선생이 죽던 날 같이 날아간 거라고 한다[*]

* 「하늘로 날아간 글자」(『얘들아, 금강산 가자』) 재구성.

총석정, 다발을 이룬 주상절리

삼일포에서 북쪽으로 가면 총석리
총석리 앞바다
정자는 사라지고 바위 총석정만 남아 있다

영랑 남석 안상 술랑
네 화랑이
낭도 삼천과 뱃놀이를 즐겼다는 곳

분출한 용암이 식어
팔각 육각 오각 사각을 이룬 돌기둥들
다발을 이룬 현무암 주상절리

돌기둥들은 파도에 부딪혀
넘어질 듯 넘어지지 않고
그래서 기이하고 아슬아슬하다

서고 눕고
무너져 주저앉은 총석 가운데
가장 빼어난 사선암四仙巖

네 돌기둥 꼭대기에서
화랑 네 명이
놀다가 갔다고 해서 사선봉

화랑들은 놀았던 기념으로
동쪽 언덕에 기념비를 세웠으나
글자가 마멸되어 판독하기 어렵다고 한다

고려 때 안축이 와서「관동별곡」을
기철이 와서「총석정가」를
송강 정철이 다시「관동별곡」을 지었다

옛 시인 송강 정철은
이 고장 사람들이 통천금강이라 부르는 총석정을
이렇게 노래했다

"금란굴 돌아들어 총석정 올라가니
백옥루 남은 기둥 다만 넷이 서있구나
공수의 솜씨런가 귀부로 다듬었나
구태여 육면은 무엇을 상떴든고"

해돋이와 달이 뜨는 광경이 장엄하여
해돋이 구경과 달맞이를 하지 않고는
총석정을 보았다고 할 수 없다니

총석정을 보지 않고는
금강산을 보았다고 할 수 없다니
어느 보름 밤낮 하루 여기서 보내고 싶다

금란굴, 불로초가 자라는

총석정에서 해안 따라 동남쪽
이십 리 못 미쳐
옛날에 고저라고 불렀다는 금란산

해설원은
바다에서 보면 피어오르는 연꽃 같다고 하여
사람들이 연대산이라 부른다고 한다

산 정상에서 바라보면
동해 경치와 멀리 남쪽으로
아름다운 금강산 연봉을 본다는 금란산

해안 절벽에
천연 동굴 금란굴이 있고
금란은 중들이 입는 금란가사의 준말

금란가사처럼
바위가 황금빛을 띤다 해서
금란굴이라고도 쓴다는데

북쪽으로 뚫린 오십 척 굴에는
햇빛이 없어 낮에도 캄캄하고
굴속에는 여덟 개 돌고드름이 매달려 있다

천장에는 좀체 죽지 않고
오래 사는 불로초라 부르는 사철 푸른 금란초
옛날에 관세음보살이 살았다는데

여기서 기도하면 관세음보살이 나타나거나
관세음보살 화신인 파랑새가
굴 안으로 날아들었다고 한다

굴 오른쪽 바위는 사람이 깎은 듯
십오 척 오목한 연못
선녀목욕터라 한다

신라 효소왕 때
국선으로 뽑힌 부예랑은
안상과 가장 친했던 사이였는데

낭도 일천을 이끌고 이곳 금란까지 와서
원산 방면 북명까지 갔다가
말갈에게 잡혀갔다고 한다*

* 『고성군지』 참조.

난도, 억쇠가 왜적을 무찌른 알섬

1950년 6월 8일
38도선 이북이어서
당시 북한 점령지였던 고성군

북한 전역의 철도는 비상사태에 들어가고
이곳 고성에도 주민 여행은 금지되고
외금강노동자휴양소는 폐쇄되었다고 한다

원산 고성을 거쳐 양양으로
38선을 향하여 줄 이어 남하하는 열차에는
군인과 전차와 포와 차량과 마차가 실려있었고

북한의 완전 독립 전쟁이란 명분으로 시작된
동족상잔의 가열한 전장이
이곳에도 있었는데

아름다운 해금강 자락 곳곳
고성과 통천 일대
그러니까 알섬 금란 송도 양도 여도 남강에서

금강산 연봉인 향로봉 건봉산 월비산에서
서로 기습하고 방어하면서
동족 간에 살육이 있었다고 한다*

그러나 이곳 난도라고 부르는 알섬은
금강산 만물상 중턱 칡덮이마을에서
금강산 약수를 먹고 자란 억쇠가

마을 앞바다에 왜적이 몰려와
갈매기 알이 있는 보금자리를 털고
금강산으로 쳐들어오려고 준비한다는 소식을 듣고

사냥할 때 쓰던 창과 활을 메고
금강산 봉우리를 건너뛰어
호랑이를 잡아 마당에서 길들이던 힘으로

왜놈들의 배에 뛰어올라
적들을 창으로 찔러서 바다에 던지고
적장의 머리를 부러뜨려 바다에 던진 곳

억쇠가 기진하여 잠들어 있던 배 위에
갈매기들이 하얗게 몰려와 하늘을 덮고
노래했다는 알섬

왜적이 오면 깨어나 무찌르겠다는 듯
지금도 육화암 벼랑 아래
바위로 굳어 말뚝잠을 자고 있는 억쇠**

* 『고성군지』 참조.

** 「장수 억쇠」(『금강산 이야기』) 재구성.

국도, 참대나무로 화살 만든 섬

통천 자산리 앞바다 섬 국도
섬 해안을 따라 모가 난 바위기둥이
타일을 절벽에 붙여 놓은 듯 빽빽하다

파도가 천둥소리를 내는 국도는
예부터 관동 명소
총석들이 잔잔한 수면의 햇빛을 받아 하얗게 빛난다

섬 둘레를 따라
기울고 부서지고 누운 바위들은
육각형 타일을 깔아놓은 듯

섬에 올라서면 참대나무가 많고
개두릅나무와 매자나무와
은방울꽃과 둥굴레와 천남성이 자라는데

임진왜란 때 이 지역 사람들은
국도에 나는 참대나무를 베어
화살을 만들었다고 한다

이곳 화살에 왜적들이 맞아 쓰러졌기에
나라에서 귀하게 여긴 섬
그래서 국도라 불렀다고 한다

시중대, 고니와 물오리가 날아드는

통천에서 원산으로 가는 자동차 길 옆
검푸른 해송이 우거진 통천군 송전리
시중호휴게소와 송전해수욕장이 가깝고

흰모래와 해송 숲
푸른 바다와 앞바다에 떠있는
겸재 정선이 풍광을 그렸던 일곱 개의 작은 섬들

섬들의 이름을 불러본다
천도 난도 우도 승도 송도 석도 백도
섬들이 한눈에 들어오는 관동팔경의 하나 시중대

조선 세조 때 관찰사 한명회가
이곳에 들러 자연을 즐기고 있을 때
국왕으로부터 우의정 제수를 받았다고 한다

한명회가 돌아간 뒤 마을 사람들은
우의정이 고려 시대 시중에 해당하는 벼슬이어서
시중대라고 불렀다는데

호수에는 잉어 붕어 황어 숭어 전어와
이름도 낯선 초어 기념어 뚝지
내가 이름을 잘 아는 버들치 가물치 뱀장어가 있고

가막조개 같은
내가 이름을 알기도 하고
모르기도 한 어패류가 많다고 한다

해송과 해당화와 흰 백사장
앞바다 섬들과
맑고 잔잔한 물결이 어울리는 호수 가운데는

장고섬이라는 작은 섬과
바닥에서 솟아나는 샘물이 있고
샘물이 있어서 겨울에도 잘 얼지 않아

꼰— 꼰— 꼰 하고 우는 우아한 고니와 물오리
이런 철새들이
많이 날아든다고 한다

시중호, 땔감 팔이 소년과 게

시중호 바닥에는 진흙층이 두껍고
광물질이 녹아있어
신경질환 소화기 질환 내분비질환에 효과가 있고

검은 진흙을 몸에 바르는
시중호 감탕은 피부 미용에도 좋다는
해설원의 설명이다

옛날 호숫가 옆 마을에
부모를 일찍 여읜 소년이
산에서 땔감을 해다 팔며 살았다고 한다

어느 날 호숫가에 와서 쉬는데
왜가리 한 마리가 커다란 게 한 마리 물고
날개를 파닥거리고 있었다

게는 집게발로 물풀들을 꼭 잡고
잡아먹히지 않으려
안간힘 쓰고 있었고

큰 게 주변에는 오물오물
손톱만 한 아기 게들이 안절부절
어미 게가 잡혀갈까 봐 걱정하고 있었는데

안타깝게도 어미 게는
힘이 점점 빠져
집게발 사이로 물풀이 조금씩 빠져나가고 있었고

이를 본 땔감 팔이 소년
아기 게들이 어미를 잃고
자신처럼 부모 없이 살까 봐

나뭇가지를 주워
왜가리에게 힘껏 던졌는데
나뭇가지를 맞고 쓰러진 왜가리

게는 물속으로 달아났고
시간이 지난 뒤
왜가리는 겨우 일어나 도망쳤다

힘겨운 땔감 노동으로
하루하루 살던 소년
어느 날 호숫가를 지나다 쓰러지고 말았는데

시간이 흘러
어디론가 날아가는 꿈을 꾸다
봄에 기운이 놀아 깨었는데

머리맡에는 큰 게 한 마리
집게 다리를 모으고 앉아있었는데
다리를 딱 딱 부딪치며 아는 체했다

온몸 구석구석이 진흙투성이였는데
살펴보니 게들이 진흙을 물고
호수에서 나와 줄을 서있었던 것이다

어미 게와 아기 게들은
물속으로 들어가고
소년은 아픈 곳이 나았는데

땔감 팔이를 그만둔 소년
호숫가에 집을 짓고 아픈 사람들이 찾아오면
정성껏 돌봐 주며 오래오래 살았다고 한다*

* 「은혜 갚은 게와 시중호의 진흙」(『얘들아, 금강산 가자』) 재구성.

제5부 금강산을 나오며

해설원의 마지막 말

"시인 선생님, 국무위원장께서는 올해 신년사에서 아무런 전제 조건이나 대가 없이 아랫동네에 금강산 관광을 재개할 용의를 피력했습니다. 지난 10년 세월 막혔던 금강산으로 향하는 길이 활짝 열리게 되었으니, 많은 아랫동네 동포들 모시고 다시 오시기 바랍니다. 금강산 문화회관에 모여, 우리 민족 조상님들, 우리를 사랑했던 외국인을 모셔놓고 놀이판을 한판 벌이자고요. 금강산에 왔던 영랑 술랑 남랑 안상을 모셔오고, 나옹 서산 사명을 모셔오고, 양사언 김삿갓 정철을 모셔오고, 정선 최북 김홍도를 모셔오고, 황진이 김만덕 김금원을 모셔오고, 금강산을 좋아했던 중국인 일본인 유럽인 아라비아인 다 모셔와 놀자고요. 우리 북녘 동포들은 언제나 금강산을 찾아오는 아랫동네 동포들을 따뜻하게 맞이할 것입니다."

금강산을 나오며

1.
금강산에서 나오는 길
멀어지는 금강산을 되돌아보며
옛사람 시를 떠올린다

"바다 위에 푸른 노을 자색 안개 사이로
동쪽을 바라보며 신선에게 절하고
삼신산을 물어보았다
호화로운 저택에서 사는 사람도
잠시 머물다 가는데
오랜 세월 영원토록
만물은 한가로이 지내는도다"*

우리 할아버지 말대로
금강산을 보고 나니
그동안 보았던 산들은 모두 흙더미다

바윗덩어리이고
돌무더기이고
도랑의 흙탕물이다

서라벌에서 관동 해변을 거쳐
해변과 호수와 놀다
금강산 봉우리 곳곳에 올랐던 화랑과 승려

봉우리마다 이름을 붙이고
계곡마다 절을 세우고 산천만다라로 숭앙하던
현세의 불국 정토를 꿈꾸었던 통일신라인

개경에서 내금강을 넘어 외금강으로
외금강에서 해금강을 돌아
관동을 유람했던 고려의 문인 묵객

왜란과 호란을 거친 후
조선의 자존심을 세우려
수없이 금강산을 향해 갔던 유가 지식인

말을 타고 나와
평구역에서 말을 갈아타고 치악을 거쳐
금강산과 관동팔경을 유람하던 한글 정신

중국의 그림을 때려치우고
금강산을 수묵으로 담은
조선 그림

쇠락해 가는 조선을 일으켜 보고자
금강산을 찾아갔던
경화사족들의 화젯거리였던 순례길

사천칠백오십 리 백이십칠 일간
조선의 경치를 신바람 나게 다녀온 후
묘향산으로 향한

세상만사가 쓸데없는 일이니
하루아침에 뿌리치고
금강산 찾아가서 경치를 다 본 후에

아미타불 염불하며 일생을 보내라는
안동 어느 절에 살았던
이름 모를 스님의 『금강산가』

일제 강점기 국토의 아름다움을 되찾고
민족 기상의 근원을 확인하고자 갔던
지식인과 학생들의 수학여행

민족상잔으로 찢어진 가족이
수십 년 만에 늙어버린 얼굴로 향하던
이산가족 상봉 장소

정주영이 소를 몰고 가고
남한의 대중이 관광버스를 타고
남북 작가들이 만나 정서 통일을 확인하던 곳

2.
철책과 장애물로 뒤엉킨
비무장지대 남방한계선을 지나고
송도진리 통일전망대에 올라

지나온 북녘을 바라보았다
멀리 보이는 금강산 연봉의
금빛 바위와 장엄한 봉우리들

파란 하늘 아래
아침 햇살에 은빛
저녁 햇살에 금빛으로 반짝이는 황홀함

여기서 해금강은 십 리 반이 안 되어
손에 잡힐 듯 가깝고
말무리 반도 끝 해만물상 바위들

저건 남쪽을 향해 갈기를 세운 사자바위고
종을 걸어놓았다는 현종암이고
그 옆에는 부처바위

갈매기 똥으로 덮여 백바위가 된 사공바위
낙타 등처럼 생긴 바위산 낙타봉을
구선봉이라고 부르는데

아파라, 구선봉 능선에 지나가는 철책과
구선봉 아래 숲에 둘러싸인 감호
그리고 그 뒤로 미륵봉 일출봉 채하봉

일출봉과 채하봉 사이에
아련히 떠있는
맑은 날에만 볼 수 있다는 비로봉

채하봉 옆 육선봉과 집선봉과 세존봉이 보이고
그 옆으로 나무꾼을 보고 놀란 선녀가
젖가슴 하나 두고 갔다는 옥녀봉

옥녀봉 옆에는 신선대와 그보다 조금 높은 관음봉
문주봉과 수정봉 능선이 끝나며
해만물상을 놓아둔 삼천리 금수강산 방점**

통일전망대를 나와
6 · 25 전쟁체험관과 DMZ박물관 거쳐
북녘행 철도 역사가 세워질 제진리를 떠난다

* 『고성군지』 참조.

** 위의 책 참조.

명파리에서

파란 파도와 흰모래가 만나
새처럼 아름답게 운다는
명파리 해변에 퉁퉁 부은 맨발로 도착했다

해변에는 북녘의 해설원이
남쪽에도 피느냐고 물었던 해당화
한시 「해당화」가 생각난다

"해당화는 백사장 방죽에 피었는데
붉고 탐스러운 꽃잎 흩날려 말발굽에 묻히네
돌아갈 때가 되어 육칠 리는 더 가야는데
홀연히 나뭇가지 위에서 들려오는 자고새 울음"*

등이 흰 갈매기와
배가 흰 산제비가 휘돌아 가는 쪽
하늘을 바라보는데

환청인가?
어디서 풍물 소리가 들려
귀를 의심하며 소리 나는 쪽으로 걸어가는데

초등학교 운동장
꽹과리 징 장구 법구 날라리
이런 농악기 소리가 점점 커진다

운동장에 들어서자 농악기 소리 뚝 멈추고
흰옷 입은 남자들이 나와
명파 돌다리 놓기 민속놀이를 재현하고 있다

여럿이 목도로 큰 돌을 나르며
입담 좋은 한 명이 선창하고
나머지 사람이 후렴을 넣는 목도소리

"내 품에 안긴 님이 어이 이리 가벼운가
허여차 하자
객지두 십팔 년 언제나 돈 벌어서 하차
허여차 하자
고향 찾아 처자식 먹여 살리나 하차
허여차 하자
에히어 금강산을 들러 가자 하차
허여차 하자

저기 가는 저 처녀 하차
허여차 하자
엉덩이 맵시 보자 하차
허여차 하자
실구둥 얄구둥 하는구나 하차
허여차 하자
절씨구두 그렇지 잘하지 하차
허여차 하자
금강산 일만 이천 봉 해 지기 전에 돌아가세
허여차 하자
삼수갑산 돌아가자 명파리로 돌아가자
허여차 하자
가자가자 어서가자 고향 찾아서 어서가자
허여차 하자
해 지기 전 돌아가세 달 뜨기 전 돌아가세
허여차 하자
고향 찾아 처자식 먹여 살리나 하차
허여차 하자"**

전쟁 이전 명태잡이 어항으로 큰 동네였다는 명파리
지금은 민간인통제구역이고

지도에 표시되지 않는 남북접경지역이다

좌우를 둘러보니
서쪽은 금강산 준령이 둘러있고
동쪽은 화진포와 동해가 이어진다

태백 준령에서 흘러내리는 광산천과 명파천
장마철만 되면 많은 지류들이 흘러
계곡에서 흘러내리는 물이 마을을 갈랐고

장마가 지난 뒤 마을 사람들은
큰 돌을 목도로 옮겨 돌다리를 놓아
갈라진 마을을 이었다고 한다

지신제와 기초공사
목도 운반과 다리굿 고사
다리밟기와 한마당 놀이로 이어지는 노래

물길로 끊어진 마을을 잇는
명파리 돌다리 놓기 목도소리를 들으면서

저 협동의 협력의 노랫소리를 들으면서

이웃 쌍개미마을 돌다리에서
유점사나 건봉사 돌다리 능파교까지
남북 허리에 놓을 통일의 돌다리를 상상했다

남북의 북남의 민중들이 목도를 메고
비무장지대에 민간인통제구역에
평화의 돌다리를 놓는 것을

명파리 주민들이 부르던
돌다리 놓기 목도소리 여운을 따라
이명처럼 들려오는 노랫소리

"봄이 왔네 봄이 왔네 한반도에 봄이 왔네
허여차 하자
빨리 보자 빨리 보자 남북동포 같이 보자
허여차 하자
금강산도 같이 가고 한라산도 같이 가자
허여차 하자"

* 『고성군지』 참조.

** 위의 책 참조.

북극성을 바라보며

명파리에서 남행하면 마차진 해변
마차진 통일전망대 출입신고소에서 나와
금강산콘도에 도착했다

날은 어둡고
북두칠성이 북극성이 밝게 내려다보는
깜깜한 밤

나는 옛날
우리 할아버지 아버지들이
금강산 가던 길목

아니 2004년 내가 머물다
금강산 갔던 길목
고성 금강산콘도 813호에 짐을 풀었다

어디를 가나
조국의 허리를
칭칭 감고 있는

내 맨발을 발등을
심장을 찢던
날카로운 철책

천진한 남북의 아들들이 서루
조국의 심장을 향해
겨누고 있던 총구

민간인통제선 안에서 만났던
자식같이 어리고 순하게 보이는
다인종의 미군들 손에 쥐어진 총

비무장지대와 통일전망대를 거쳐
6 · 25 전쟁 체험 전시관과
DMZ박물관을 둘러보며

할아버지 할머니가
아버지 어머니가 겪은
전쟁의 상처를 되돌아보며

금강산의 연봉들
계곡과 바위 바위에 떨어지는 폭포와
흘러가는 개울물

풀과 나무와 새들의 노래
산봉우리와 절집 기와지붕을 가리던
산안개를 생각하며

커튼을 걷고
창을 여니
음력 열이틀 달이 배가 불러간다

바다를 건너와
분단 조국의 슬픔을 위로하는
달빛

나는 슬퍼져서
내내
잠이 오지 않았다

하느님은 이 민족을 사랑하시어

자정이 넘은 지 한참인데 잠은 안 오고
갑자기 생각나는 노래가 있어
「I'm gonna pray for Korea」를 검색한다

외국 가수가
한국 분단 현실을 바라보며
한국을 위해 기도하며 쓴 곡

먼 유럽 스웨덴의 팝 듀오
CCM 아티스트 'Adahl'의 앨범에 수록된 곡
한국을 위한 기도

「I'm gonna pray for Korea」
노래를 들으며
가사를 눈으로 따라 가본다

"I see one country divided into two.
The healing of this nation is long time overdue.
I can feel it in my spirit

when I'm on my knees and pray.

나는 둘로 나누어진 한 나라를 본다
오래전에 회복을 했어야 할 이 나라
무릎 꿇고 기도드릴 때면
난 영적으로 그걸 느낀다

Oh, Korea. God will show a way.
I'll pray about forgiveness.
I'll pray for brotherhood.
I'll pray for solutions
that will change this land for good.
A country without borders
with no fighting man to man.

오, 한국이여! 신께서 그대를 인도하시리라
난 용서를 위한 기도를 한다
난 형제간 사랑을 위한 기도를 한다
난 이 나라를 영원히 변화시킬

해결책을 위한 기도를 올린다
분단선도 없고
동포 간에 전쟁이 없는 나라를 위해

Oh, Korea! Your future's in God's hands.
I'm gonna pray for Korea pray all night!
Just one nation there,
where people will unite.
Let Your Spirit brings the changes!
Let a new day shine so bright!
I'm gonna pray for Korea, pray tonight!
God loves this country so.
He sent His only Son
to redeem all the people
and bring peace to everyone.
When He died on His cross.
He was bleeding just for you.

오, 한국이여! 앞날에 신의 보살핌이 있기를

나는 밤새워 한국을 위한 기도를 하리라

통일해야 할 유일한 나라

성령이시여, 변화를 일으키소서

밝은 새날을 비추어 주소서

나는 밤새워 한국을 위해 기도를 하리라

하느님은 이 나라를 사랑하시어

유일한 아들을 보내셨네

백성을 구원하고 평화를 주시기 위해

그가 십자가에서 죽었을 때

그가 흘린 피는 당신을 위한 것이었네

Oh, Korea! you know that this is true.

God unite this nation!

Let them praise Your Holy Son!

And pour out Your Spirit.

A new day's just begun.

millions of people gather round

before the throne.

오, 한국이여! 그대는 이런 사실을 알고 있지 않은가
신이시여, 이 나라에 통일을 주소서
그들로 하여금 거룩하신 신을 찬양하게 하소서
그리고 신의 성스런 영을 부어
새날이 시작되게 하소서
수많은 사람들이 보좌에 둘러 모여

Oh, Korea! you'll never stand alone!
I'm gonna pray for Korea, pray all night!
Just one nation there,
where people will unite.
Let Your Spirit brings the changes!
Let a new day shine so bright!
I'm gonna pray for Korea, pray tonight!

오, 한국이여! 너는 결코 외롭지 않을 것이야
나는 밤새워 한국을 위한 기도를 하리라
통일을 해야 할 유일한 나라
성스러운 영이시여, 변화를 일으키소서

밝은 새날이 비치도록 하소서
나는 밤을 새워 한국을 위해 기도를 하리라"*

생면부지의 외국 가수가
우리나라 우리 민족을 위한 기도를
뼈아프게 불러주다니

분단 놀이를 하는 안팎의 정치 경제 권력과
분단의 닭장에 갇혀
이리저리 몰리는 남북 북남의 대중들

외국 가수의 가사 한 구절
God loves this country so.
"하느님은 이 나라를 사랑하시어"

"하느님은 이 민족을 사랑하시어"
이렇게 바꾸어본다
외국인이 불러주는 분단의 노래

외국인이 불러주어서
나는 아프고 아프고 또 아파서
잠이 오지 않는다

* http://cafe.daum.net/waitingforjesus 참조하여 가사를 부드럽게 정리.

마차진을 떠나며

침대에 누워서도 눈에 선한
언제 또 가볼 수 있을지 모르는
금강산 생각과 외국 가수의 노래를 들으며

자는 둥 마는 둥
어느새 잠이 들었나
동해의 파도가 와서 다독여 주었나

아침 창이 밝아
창문을 여니 눈부신 햇살이
금강산 골짜기 장쾌한 폭포처럼 방 안으로 쏟아진다

바다 위를
멀리 둥글게 휘어진 수평선에서 건너오는
금빛 은빛 물별들

검은 어선들이
흰 꼬리를 끌고 다니며
아침 고기잡이를 하고 있다

여행객들이 밤늦게까지 고기를 굽고
술 마시고 노래하고
왁자지껄 말을 섞던 나무 탁자는 비어있고

달빛이 내리던 언덕에는
루드베키아와 패랭이와 메꽃
개망초와 접시꽃과 시누대가 흔들리고

검푸른 해송이 무성한 바닷가에는
맑은 파도와 흰 거품
깨끗한 모래가 아름답다

젖은 모래밭에서
할아버지와 손녀가
모래성 쌓기 놀이를 하고 있다

이념을 분단을 잊어버린 모습
평화롭다
내가 바라는 평화

소나무가 빽빽한 섬
바위를 거느린 우람한 소나무 한 그루가
춤추는 무송정

섬과 바위 주변으로만 모여드는 파도
파도 위에 앉아
반짝이는 햇빛

흰 거품을 물고
육지를 향해
벼랑을 향해 돌진하는 파도

바다를 향해 멀리 뻗어 나온
푸른 곶에 서있는
몸이 하얀 거진등대

등대를 보며
파란 바다에 가득한 햇살과
물별들을 보며

저 활기찬 아이들과
건장한 어른들을 보며
민족의 희망을 본다

수평선 너머에서
퐁퐁 피어오르는 뭉게구름
폭포처럼 바다 위로 쏟아지는 햇살

반짝이는 햇살을 데리고
나를 향해
국토를 향해 달려오는 파도

파도가 모랫둑을 무너뜨리는 것에서
나는 깊은 민족 사랑의 불이
분단의 철책을 녹이는 것을

동족 간 대결 없는
평화와 통일을 나는 보았다
나는 보았다!

발 문

그리움, 화해와 통일을 견인하는 힘

윤일현(시인, 대구시인협회 회장)

11월 중순 한밤, 뜻밖에 카톡 문자가 왔다. "형님, 주무시는지요?" 무슨 할 말이 있는가? 내가 먼저 전화를 걸었다. 공 시인과는 그동안 이런 문자를 교환한 적이 없었다. "이번 시집 발문은 형님이 해주세요. 인생에 빚도 있고, 형님과 추억을 기록으로 남기고픈 마음도 있고요." 잠시 망설였다. 그리고 숨을 한번 들여 마시고는 쓰겠다고 했다. 공광규의 시집에 내가 덧붙여야 하는 말, 그 말이 무엇일지 내가 먼저 궁금해서 승낙을 했다.

1985년 6월 어느 날, 국가안전기획부 포항 분실, 분실장은 작은 책자 《삶과 문화》를 내 앞에 내밀었다. 포항에 거주하는 노동자, 교사, 민주화 운동가의 글이 실린 조악한 프

린트물이었다. 분실장은 대구지부에서 대학 담당관을 지낸 사람이라 나를 잘 알고 있었다.

“자네는 나와 무슨 악연이지. 가는 곳마다 만나는가. 조용히 선생만 하겠다고 하지 않았나. 이게 또 뭔가. 자네가 쓴 「다시 4.19를 생각하며」도 문제가 많은데, 공광규라는 인간의 글은 도저히… 도대체 어떤 놈인가. 하룻강아지 범 무서운 줄도 모르는, 간이 배 밖에 나온 놈이네.”

그만두세요/ 큰일 낼 거예요/ 지렁이도 밟으면 꿈틀거려요/ 물러가세요/ 그렇지 않으면 무너뜨리겠어요/ 참혹한 모습으로/ 끌어내리겠어요/ 아무리 성경을 뒤적거려도/ 영원한 용서는 나오지 않을 거예요/ 일곱 번을 일흔 번씩 칠백 번씩 칠천 번씩…/ 이렇게 용서하지는 않았을 거예요/ 좋은 말할 때/ 중국집 주인으로 물러나 앉으세요/ 안사람을 요정 마담으로 보내세요/ 그것이 싫다면/ 좋아요 좋아요 기회를 드리겠어요/ 깜깜한 밤중에 비행기 타고 도망가다가/ 태평양 상공에서 어떻게 되거나 말거나 하세요/ 더 이상 장난치지 마세요/ 흐르는 강물을 삽으로 막는다고 소용이 있나요/ 솟는 샘물에 구정물이 핀들 소용이 있나요/ 불어오는 계절풍을/ 입김으로 막는다고 소용이 있나요/ 어서 사라지기나 하세요/ 지구를 아주 떠나세요/ 그렇지 않으면 큰일 낼 거예요/ 제발 제발 좋은 말 할 때/ 그만두세요 참혹하게 끌려 내려오기 전에/ 충고하겠어요/ 한 민중의 이름

으로 경고하겠어요

—공광규, 「더 이상 말하지 않겠어요」 전문, 『삶과 문화』 창간호, 1985

분실장은 밑줄 친 부분을 읽어보라고 했다. 당시에도 등골이 오싹했다. 절대 권력자 전두환을 참혹하게 끌어내리겠다고 협박한 것도 모자라 영부인을 술집 마담으로 보내라고 하는 20대 노동자 공광규의 절규. 이 청년을 어찌할 것인가. 나는 아무 말 없이 분실장을 바라보았다.

"공광규를 구속하기로 했어. 자네도 더 이상 선생을 할 수 없을 것이네."

그의 말에 가슴이 서늘해지고 심장이 덜컥 내려앉았다. 스무 살 무렵의 공광규는 간혹 내 자취방에 와서 읽은 책을 두고 새벽까지 나와 끝없는 토론을 하곤 했다. 자신의 생각과 다를 때는 끝까지 질문을 되풀이했다. 그는 문장을 잘근잘근 씹어 진액을 빨아먹어야 하는 철저한 독서가였다. 그때 그의 시는 저토록 거칠었지만, 내가 알고 있는 공광규는 여리고 섬세한 내면을 가진 문청이었다.

오랜 투병의 지친 생활 위에 덧붙여진 연행과 추방 등으로 점철된 나의 낭인 생활이 그와 자주 겹친다. 고립과 단절의 시간이 얼마나 힘들었는가. 저 여린 친구가 해직과 투옥의 고통을 버틸 수 있을까 하는 생각에 정신이 아득했다. 나는 분실장에게 말했다.

"배후가 있고, 거대한 음모가 있는 친구라면 저런 가당찮은 표현을 하겠습니까. 아무것도 모르는 순진한 노동자일 따름입니다. 공광규를 구속하지 말고 포철에서 쫓아내지도 마십시오. 저 친구를 잡아넣으면 테러리스트 하나를 키우게 됩니다. 저 친구가 옥살이하고 나오면 과격한 투사가 되는 것은 불문가지입니다. 그냥 한 번 눈감아 주세요. 공광규를 살려 준다면 저도 『삶과 문화』를 폐간하고 앞으로 조용히 살겠습니다. 각서도 쓰겠습니다."

"자네는 각서 전문가 아닌가. 또 각서를 쓰겠다고? 자네 말은 믿을 수도 없고, 믿기도 싫네."

나는 교사로 임용되고 나서 정보기관이 신임 교사의 사상을 검증하는 '보안심사위원회'에서 대학 시절의 시위와 투옥 전력 때문에 부적격 판정을 받았다. 나는 안기부에 가서 조용히 교사만 하겠다는 각서를 썼다. 그래서 분실장이 나더러 각서 전문가라고 비아냥거렸던 것이다.

그날 두 시간 가까이 공광규를 구속해서는 안 되는 이유를 나는 진심으로 설명했다. 믿을 수 없게도 아무 일도 생기지 않았다. 나는 그 사실을 공광규에게 말하지 않았다. 불덩어리 같은 그가 가만히 안 있을 것 같았기 때문이다. 김종인 시인한테만 있었던 일을 간단하게 설명했다.

1987년 6월 항쟁 때 우리는 포항 민주화운동연합 등과 함께 포항 지역의 시위를 주도했다. 그해 11월 중순, 포항 죽도성당에서 경찰의 저지 속에 민주교육전국교사협의회 포항지부 결성식이 있었다. 김종인 시인과 내가 창립 공동회장이 되었다. 나는 그 일로 88년 1월 해직되어 동지들과 작별 인사도 못하고 대구로 와야만 했다.

공광규와도 그렇게 헤어졌다. 그 이후 한 번도 만나지 못했다. 내가 포항을 떠나기 전 이미 공광규도 포항을 떠났다는 소문이 들렸다. 나중에 알았지만 정안면, 정원도, 공광규 등 죽도성당 시낭송회 관련자들이 다른 도시로 전출을 당하거나 직장을 그만두게 되었다고 한다. 공광규는 이후 왕성하게 활동하며 주목받는 시인으로 성장했다. 나는 공광규의 시집과 작품을 빠짐없이 챙겨 읽으며 그의 성취를 멀리서 기쁜 마음으로 지켜보았다. 그의 작품에 늘 나를 투영했던 건 젊은 날의 공광규 속에 내가 겹쳤거나 내가 그를 잘 이해했기 때문이겠다.

2017년 12월 분단시대 동인인 정원도 시인한테 전화가 왔다. 『실천문학』에서 공광규의 『파주에게』와 정원도의 『마부』가 나왔으니 80년대 같이 활동하던 사람들이 포항에서 한번 모이자는 사발통문이었다. 그날 나는 '다시 80년대를 회상한다'를 소재로 이야기를 했다. 공광규와는 30여 년 만의 해후였다.

"나는 공광규가 85년 《삶과 문화》에 실었던 「더 이상 말하지 않겠어요」처럼 여전히 원색적이고 거친 시를 썼다면 이 자리에 오지 않았을 것입니다. 나는 공광규의 시를 늘 챙겨서 읽었습니다. 「별 닦는 나무」 같은 시로 수많은 사람들을 적셔줄 수 있는 시인이기에 여기에 왔습니다. 내가 겪어보니 민중문학가라고 큰소리 내는 사람치고 삶과 문학이 일치되거나, 서민정치하겠다며 표 달라고 읍소하는 사람치고 자기 삶이 서민적인 사람 거의 없었습니다. 오늘 우리는 7, 80년대 우리가 소중히 여겼던 가치들, 가난하고 소외된 사람, 억압받고 부당한 대우를 받는 사람들을 위해 지금 무슨 일을 하고 있는지 스스로 돌아보는 시간을 가지려고 여기 모였습니다. 우리는 왜 저항문학, 순수문학이라는 프레임을 미리 정해 놓고 글을 써야 합니까. 교사든 공무원이든 노동자든 학원 강사든 목욕탕 세신사든 자기가 활동하는 삶의 현장에서 최선을 다하고 그 경험을 진실하게 표현하면 됩니다. 그 기록물이 때로 순수문학이 되고 때로 참여문학이 되는 것 아닙니까. 입에 저항이라는 말을 주저리주저리 매달았던 사람치고 정말 저항이 필요할 때 제자리를 지키는 사람이 별로 없습니다. 민중시라는 것이 거창한 것인가요. 그들을 가르치려들지 말고 먼저 그들을 적셔주어야 합니다. 나는 그의 시가 많은 사람들을 적셔주었다는 점에서 이제 공광규를 시인이라고 부르고 싶습니다. 진보나 보수 모두 자기 패거리의 이익을 위해 투쟁할 뿐 소외되고 억압받는 사람들을 적셔주고 위로하며, 그들의 권익을 지켜주기 위한 행동은 적극적으로 하지 않습니다. 이쪽 진영에 있는 사람도 잘못하면 혹독하게 비판할 수 있어야 합니다. 왜 우리 편은 무조건 옹호해야 합니까. 시인은 그런 자들과 궤를 달리해야 합니다."

예의 공광규의 답례는 겸손하고 진지했다. 30년이 지났

건만 조용한 목소리와 공손한 태도도 여전했다. 어제 본 듯이 반갑고 미더웠다. 뒤풀이 시간에 그가 다가왔다.

"그런 큰일이 있었는데 왜 여태 제게 말하지 않았는가요? 형님, 정말 고맙습니다. 제가 그때 구속되었다면 제 삶이 어떻게 전개되었을까요?"

그가 내 손을 꼭 잡았다. 앞날을 누가 알 수 있으랴. 운명의 파도와 마주칠 때 그게 행운인지 불행인지는 나중에야 알 수 있는 법. 그때 어린 나이로 구속이 되었더라면 그가 고통을 통해 나라와 민족의 더 큰 인물이 되었을지 모른다. 하지만 어린 나이에 혹독한 고문으로 몸과 마음이 완전히 망가졌다면 아름다운 서정시를 쓰면서, 투철한 역사의식에 근거한 민중시를 동시에 쓸 수 있는 시인 공광규는 존재하지 않았을지 모른다. 이렇게 합리화하는 수밖에 없다.

시집 『금강산』 초고를 받기 전에 그의 시가 외세와 반통일 세력을 격렬하게 비판하는 구호나 통일의 당위성을 일방적으로 주장하는 내용이 아니기를 소망했다. 초고를 꼼꼼하게 읽으며 안심했다. 어렵고 복잡한 구절이 거의 없어 특별히 설명하거나 해설할 필요가 없었다. 간단한 메모지와 마음의 준비만 하고 밥 먹고 숨 쉬듯이 자연스럽게 그의 목소리를 따라가기만 하면 되었다. 산속 깊이 들어갈수록 금강산의 수려한 풍광과 그 하나하나에 얽힌 이야기에 편안하게 몰입할 수 있었다.

공광규의 안내를 받으며 시집 속의 '금강산'과 내가 생각하던 금강산을 오르다가 "나는 청산이 좋아 들어가는데, 녹수야 너는 어이하여 내려오느냐”라고 일갈하는 김삿갓을 만나게 되어 반가웠다. 금강산 유람 과정에서 원효, 의상, 신라 화랑, 나옹, 서산, 사명, 왕건, 마의태자, 김시습, 임춘, 허균, 표훈, 정철, 추사와 초의선사, 소월, 정지용, 효봉과 법정과 고은 등 무수한 시인묵객, 고승대덕, 문장가를 만날 수 있었다.

아픈 누나를 위해 약초를 구하러 나가서 돌아오지 않은 동생을 찾기 위해 길을 나섰다가 죽은 누나. 그 누나가 들고 있던 초롱불이 금강초롱이 되었다는 전설을 읽으며 가슴이 먹먹해지기도 했다. 지상에 내려왔던 선녀가 나무꾼의 두 아이를 데리고 하늘에 올라갔다가 하늘나라보다 더 아름다운 풍경을 잊을 수 없어 나무꾼과 함께 다시 지상으로 내려오게 한 금강산. 지주에게 수탈당한 민중의 마음이 새겨져 있는 매바위 전설을 알게 되었다.

노총각의 아쉬움과 화가 서려있는 절부암, 불로장생의 망장천 샘물, 발 디디는 모든 곳에 민중의 애환이 서려있고 산신령이 거주하는 민족의 영산 금강산. 조금씩 더 알게 될수록 가슴 가득 그리움이 차올랐다. 공광규는 금강산 시편 속에서 민초들을 가르치지 않고, 설득하지 않고, 주장하지 않는다. 순한 그의 성품과 맞춤한 시편들이다. 비로봉과 만물상 등 일만 이천 봉 하나하나가 품고 있는 온갖 전설과 이야기는 거부감 없이 남북, 북남 민초의 가슴속으로 자연스럽게 스며든다.

공광규이기도 하고 공광규가 아닌 시적 화자와 가설의

북녘 여성 해설원의 안내에 따라 내금강, 외금강, 해금강을 돌아다니며 기암괴석과 봉우리, 계곡과 폭포, 절과 절터 곳곳에 가득한 수많은 전설과 일화에 귀 기울이다 보면 머리가 맑아진다. 어느 순간 나 자신이 우화등선의 즐거운 느낌을 받게 된다. 우리는 금강산 시편들이 주는 감동이 민족의 화해와 평화적 통일을 견인하는 힘의 원천이라는 사실을 알게 된다.

그리워야 화해의 마음이 생기고, 뼈에 사무쳐야 행동하게 되는 것이다. 금강산 시편들은 정서적 공감을 통해 남북이 하나임을 깨닫게 해준다. 절절하게 보고 싶고 간절하게 그리운 마음이 생기면 '반외세 자주 통일의 당위성'은 설명하지 않아도 된다. 공광규는 『금강산』 속의 그리운 금강산을 통해 남북과 북남 민중의 '정서와 정신의 근원'이 서로 다르지 않고 같다는 사실을 보여 주고 있다.

나는 남북과 북남의 모든 민중, 정치가와 지도자, 특히 남한의 보수와 진보 세력 모두에게 이 금강산 시편들을 같이 읽자고 제안하고 싶다. 금강산이 간절하게 그립다면 서로 손잡고 어떤 난관이나 외세의 방해도 물리치고, 우리의 성지를 자유롭게 왕래할 수 있는 환경을 우리 스스로 만들자고 호소하고 싶다.

이 시집의 출간으로 남북의 시인들이 더욱 자주 왕래하는 계기가 마련되길 소망한다. 남쪽의 시인들은 백두산, 묘향산, 칠보산, 구월산 등을 노래하고, 북쪽의 시인들은 한라산, 지리산, 설악산, 북한산 등을 노래하는 시집을 발간하면 좋겠다. 남북의 모든 사람들이 남과 북의 산하를 간절히 보고 싶게 해야 한다. 공광규의 말대로 정서가 통일되면 의식과 생각의 통일은 보다 쉬워질 것이다.

통일이 되면 암울한 시대를 함께한 동지들과 금강산 비로봉에 올라보고 싶다. 해를 거듭할수록 내용이 더 추가된 증보 개정판이 나와 언젠가는 방대한 대 서사시 『금강산』이 완성되길 기원한다. 이 시집을 위해 애쓴 그의 열정과 변치 않는 민중 사랑과 민족 사랑, 국토 사랑에 다시 한 번 뜨거운 공감을 보낸다.

참고 및 인용한 책과 사이트

고성군, 『고성군지』, 1998(보정판).

권정생·이현주, 『금강산 이야기』, 사계절, 1991.

김용택 글, 김명호 그림, 『얘들아, 금강산 가자』, 스콜라, 2006.

네이버지식백과, 북한지리정보, 『금강산한자시선』(상, 하), 2004.

조주연 옮김, 『금강산가』, 다운샘, 2013.

박은순, 『금강산 일만 이천봉』, 보림, 2005.

운허 용하, 『불교사전』, 법보원, 1961.

유홍준, 『금강산』, 학고재, 1998.

이호일, 『김삿갓 금강산 방랑기』, 글사랑, 2004.

전규호, 『금강산 가는 길』, 명문당, 2019.

조선일보, 『금강산은 부른다』, 조선일보사, 1998.

평화문제연구소 편저, 『조선향토대백과』, 평화문제연구소, 2008.
(http://www.cybernk.net/home/Default.aspx)

차종환, 『금강산 식물생태』, 예문당, 2000.

현대아산 홈페이지(http://hdasan.com)